Kleine Geschichten ... rund um den Löwen

Ernst Rudolf Altewiek

Kleine Geschichten ...
rund um den Löwen

Impressum

Die Deutsche Nationalbibliothek verzeichnet diese Publikation in der Deutschen Nationalbibliografie; detaillierte bibliografische Daten sind im Internet über http://dnb.dnb.de abrufbar.

© 2022 Ernst Rudolf Altewiek
Herstellung und Verlag:
BoD – Books on Demand, Norderstedt
ISBN: 978-3-756-22749-5
Illustrationen: Michael Adler

Linie 3

Die Linie 3 fährt von Volkmarode in die Weststadt, sozusagen vom dereinst angegliederten „Pfarr-
dorf am Sandbach" im Osten der Stadt, zu der in den
sechziger Jahren neu errichteten Stadtrandsiedlung
im Westen. Auch wenn Volkmarode viel älter ist als
die Weststadt, so ist es doch fast fünfzehn Jahre später dazugekommen, zu unserem Braunschweig.

Auf diesem Weg ändert die Stadt immer wieder ihr Gesicht. Kaum hat man die „Dorfidylle" verlassen, findet man sich in Mitten einer vierspurigen Straße wieder, um kurzdarauf einer dieser wohl belebten Wohn- und Geschäftsstraßen zu folgen, wie es sie innerhalb der Ringes häufig gibt.

Der Hagenmarkt erscheint wie eine Art Wendepunkt. Die Bahn schlängelt sich von hier durch die Innenstadt. Zunächst geht es über unserem „Prachtboulevard", nur dass der in Braunschweig „Bohlweg" heißt. Von dort blickt man zum Schloß hinüber und aus dem Hintergrund zwinkert einem das Happy Rizzi Haus zu und wenn man Galeria Kauhof hinter sich gelassen hat, erhält man einen Eindruck, wie es ist, wenn „der Mensch aus starren Bindungen und Normen befreit" wird. So heißt die Skulptur, die auf diesem kleinen Platz an der alten Hauptpost in der Friedrich-Wilhelm-Straße steht.

Wenn die Bahn auf den Kalenwall abbiegt, folgt sie wieder einer vierspurigen Straße, die zunächst am Westlichen Ringgebiet vorbei führt, um alsbald unter der Autobahn hindurch in die Weststadt zu gelangen. Dort geht es dann zwischen den Wohnblocks hindurch und am Ende an einer großen Kleingartenkolonie vorbei. Der Wendekreis an der Weserstraße wird von einem kleinen Park, einem Wald und einem großen Feld eingerahmt.

So unterschiedlich diese Strecke anmutet, so unterschiedlich sind die Begegnungen, die man auf der Fahrt haben kann.

Ich fahre diese Strecke einmal in der Woche. Fast immer zur selben Zeit und immer mit neuen Erlebnissen. Jeden Samstag besuche ich meine Mutter in ihrem Seniorenheim. Sie ist inzwischen fast neunzig Jahre alt und wie man so sagt, bei bester Gesundheit.

Es ist nicht das Gleiche, wenn man sich morgens um kurz nach sieben Uhr in die Bahn quetschen muss, und um sieben Uhr siebenundzwanzig die Linie 5 am

Schloß kriegen will, um um sieben Uhr vierzig pünktlich am Bahnhof anzukommen, weil um einundfünfzig der Regionalexpress nach Hannover fährt und abends das Gleiche zurück, als wenn man am Samstag, am frühen Nachmittag, völlig entspannt in die Linie 3 einsteigt und sich in die Weststadt zu einem Besuch fahren lässt.

Irgendwann fing das mit dem Straßenbahnfahren an. Ich glaube es war, als ich mein Auto einem Freund geliehen hatte, der übers Wochenende nach Hamburg zur Beerdigung musste. Genauer gesagt, er musste nach Buxtehude und „.... da kommt man so schlecht ... hin." In die Weststadt hingegen kommt man wunderbar, also stieg ich um.

Alles voller Smombies

Bei all den Fahrten ist es inzwischen dasselbe. Wenn vier Personen einsteigen, dann haben drei davon Ohrstöpsel im Ohr und einen starren Blick auf das Smartphone. Manche sind so fixiert auf ihr „Gadget", dass es wie ein Wunder erscheint, dass sie überhaupt an der richtigen Haltestelle wieder aussteigen, ähnlich wie es manchmal wie ein Wunder erscheint, dass sie auf dem Fußgängerweg nicht vor eine Ampel rennen. Aber es passiert nicht, alles verläuft ruhig und friedlich. Vielleicht ist das ja das Wunder.

Nur einmal, auf dem Weg zurück nach Volkmarode, passierte etwas Ungewöhnliches. Eine Frau stieg an der Luisenstraße zu. Im hinteren Teil des Wagens saß nur ich, alle übrigen Sitze waren frei. Sie setzte sich ebenfalls in den hinteren Teil des Wagens. Sie schien völlig abwesend zu sein, völlig unbeteiligt. Nachdem die Bahn wieder angefahren war, stand sie auf und wechselte den Platz. Sie machte das ganz ruhig. Ein Stück weiter nach vorne. Dann noch einmal und noch einmal. Am Friedrich-Wilhelm-Platz war sie auf diese Art und Weise fast durch den ganzen Wagen gekommen. Hier stieg sie wieder aus und verschwand in Richtung Wallstraße.

Jetzt füllte sich der Wagen. Eine Mutter mit Kinderwagen und einem älteren Kind stieg zu. „Schau mal, Mama!" Das Mädchen hatte einen kleinen Zettel vom Sitz genommen und hielt ihn in die Luft. „Da steht was." Die Mutter schob den Kinderwagen zurecht und setzte sich zu ihrer Tochter. Sie las ihr leise vor, was auf dem Zettel stand. Ich konnte es nicht verstehen, weil ich zu weit weg saß. „Was heißt denn das?" fragte das kleine Mädchen. „Das heißt so viel, dass wir mehr mit einander reden sollen", antwortete die Mutter. „Aber wir reden doch miteinander", gab das Mädchen zurück. „Ja", sagte die Mutter. „Wir reden viel miteinander."

Inzwischen war der Wagen voll. Wir fuhren am Rathaus vorbei und die Fallersleberstraße hoch. Eine Reihe von Fahrgästen hatte kleine Zettel gefunden. Die meisten lasen sie, andere ließen sie unbeachtet oder steckten sie in die Tasche. Wieder andere zerknüllten sie und ließen sie dann auf dem Sitz liegen.

Am Moorhüttenweg stieg ich aus. Ein Zettel war liegengeblieben. Ich hob ihn auf und las.

„Fools", said I, „You do not know
silence like a cancer grows".[1]

Ich hielt inne und dachte an die Frau, die in der Luisenstraße zugestiegen war. Schade, jetzt hätte ich gerne gewusst, wer sie war. Und ich hätte ihr gesagt, dass es mir oft auch so geht.

„Alles voller Smombies", sagt meine Tochter immer. „Mach Dir nichts draus Papa, die Zeiten sind halt so."

Traurige Augen

Ich lasse das Auto inzwischen bewusst stehen. Das soll jetzt keine große moralische Ansage werden. Nein, es ist einfach Pragmatismus. Es gibt Tage, da kommt man mit dem Auto einfach nicht durch, Karneval z.B. Ehrlich gesagt, kommt man dann auch mit der Straßenbahn nicht durch. An diesen Tagen meide ich solche Fahrten. Leider klappt das nicht immer.

Irgendwie hatte ich das Datum übersehen oder den Vorbericht in der Zeitung überlesen. Schon ab der Petzvalstraße war ich von einer Reihe etwas eigenarti-

---

[1] Paul Simon

ger Gestalten umgeben. Manche benahmen sich irgendwie aufgekratzt, andere wieder trugen eigenartige Accessoires oder waren auffällig geschminkt. Die Amerikaner kennen dafür den Begriff „queer" und genauso mutete es an. Nicht unangenehm, nur eben etwas eigenartig.

Auf der Gliesmaroder Straße stieg ein älterer Mann zu. Er trug einen halblangen, grauen Frauenrock, hohe Schuhe, eine kurze graugrüne Jacke mit Paillettenmuster und eine dunkle Frauenperücke. Die Frisur war eindeutig eine Frauenfrisur und er trug Frauenkleider. Aber, er war eindeutig ein Mann. Er hatte eine kräftige Statur und einen leichten Bauch. Auch wenn er frisch rasiert zu sein schien, waren Barthaare dunkel und als Schatten auf dem Kinn zu erkennen.

Ein älterer Mann als Frau verkleidet. Man hätte sagen können, es wirkte lächerlich, aber das traf es nicht. Sein Gesichtsausdruck schien Entschlossenheit auszudrücken oder mehr den Versuch. Es lag etwas Trauriges in diesen Augen.

Die Straßenbahn wurde jetzt richtig voll. Immer mehr eigenartige Leute waren zugestiegen und erst jetzt wurde mir bewusst, dass an dem heutigen Tag etwas Besonderes in der Stadt los sein musste.

Als die Bahn über den Hagenmarkt fuhr, machten sich die meisten der Fahrgäste bereit um auszusteigen. Von draußen war laute Musik zu hören. Dumpfes Rollen und Schlagen, dann wieder discoartige Klänge. Jetzt erst wurde mir klar, um welches Ereignis es sich handelte. Heute war „Sommerloch Festival" womit eigentlich der Christopher Street Day gemeint ist.

Auch der als Frau gekleidete Mann stieg aus. Ich fragte mich, was er wollte. Suchte er Gleichgesinnte oder war er auf der Suche nach einem Partner? Als ich ihn über die Straße gehen sah, leicht gebückt in seinem Kostüm und mit den hohen Schuhen, hatte ich

10

noch mehr den Eindruck, dass er nicht zum Feiern gekommen war.

Mit einem Ruck blieb die Straßenbahn plötzlich stehen. Die Musik drang von draußen durch die Scheiben. Neben uns stand ein Lastwagen, von dem aus Lautsprecher direkt auf uns gerichtet waren. Oben auf der Ladefläche standen junge Leute tanzten und winkten herunter. Hinter dem Lastwagen liefen ebenfalls Leute, die ihn aber jetzt, wo er zum Halten gekommen war, überholten und vor ihm weitergehen wollten. Erst jetzt konnte ich erkennen, dass es sich um einen kleinen Zug von mehreren Wagen handelte. ‚Wie beim Karneval‘, dachte ich, nur etwas kürzer.

Dann setzte sich die Straßenbahn wieder in Bewegung. Hundert Meter weiter blieb sie erneut mit einem Ruck stehen. Diesmal genau auf der Höhe des Rathauses. Wieder stiegen einige Fahrgäste aus. Ich blieb sitzen, ich wollte ja in die Weststadt.

Der LKW mit den Lautsprechern rückte wieder auf und stand jetzt erneut neben uns. Hinter ihm tanzte ein junger Mann, allein. Er schleuderte seine Arme hin und her. Er warf sich von links nach rechts. Er verdrehte seinen ganzen Körper. Vor allem aber fiel mir auf, dass er unbeschreiblich dünn erschien. Auf mich wirkte es wie der Tanz eines Verzweifelten, eines Gefangenen.

Der Schaffner hatte die Türen offen gelassen. Die Lautsprecher hämmerten direkt in den Wagen hinein und der Tanz des jungen Mannes machte mir den Eindruck, als seien es seine letzten Zuckungen, kurz vor dem Tod.

Ich stieg aus. Die Musik, bzw. die Lautstärke war mir einfach zu viel. Ich wollte meinen Weg zu Fuß fortsetzen, am besten quer durch die Innenstadt. Vielleicht nahm mich die jetzt sicher verspätete Straßenbahn dann irgendwo wieder auf oder vielleicht gab es ein Taxi auf dem Weg.

Auf Langer Hof begegnete mir eine Frau. Sie trug ein eierschalenfarbenes Kostüm, rote Schuhe und eine rote Handtasche. Auch die Lippen waren rot geschminkt. Sie schien unschlüssig. Sie suchte meinen Blick und lächelte. Das Lächeln war unsicher. Sie war ein Mann. Es war sofort erkennbar, obwohl Ihre Kleidung und das Makeup perfekt erschienen.

Ich schaute sie an. Ihr Blick wurde traurig als sie merkte, dass ich das Lächeln nicht erwiderte.

Am 28. Juni 1969 gingen in den frühen Morgenstunden hunderte junger Amerikaner in der New Yorker Christopher Street auf die Straße. Die Polizei hatte zuvor in immer wiederkehrenden Razzien vornehmlich Schwarze, Latinos. Schwule, Lesben, Dragqueens und Transsexuelle massiv drangsaliert. Jetzt sollte Schluss sein. Tagelang lieferten sich die jungen Leute Straßenschlachten mit der New Yorker Polizei. Seitdem wird in New York an jedem letzten Samstag des Juni, dem sogenannten Christopher Street Liberation Day, mit einem Straßenumzug an dieses Ereignis erinnert.

Freiheit, Gleichheit, Brüderlichkeit auch grade, wenn wir nicht alle gleich sind, wäre ein schönes Ziel. Bis dahin ist es noch ein weiter Weg.

Vielleicht trifft man an diesem Tag deshalb auf so viele traurige Augen.

Mandala

In einem Hinterhof an der Petzvalstraße auf dem Gelände der ehemaligen Rollei-Werke steht ein altes Bürogebäude. Vor einigen Jahren wurde der Standort umgewidmet und dort finden sich nun Büros des DRK und anderer sozialer Einrichtungen. Hier ist auch der Christian Hope Church e.V. untergebracht. Völlig unscheinbar, von außen nur an einem Schild zu erkennen.

Wenn es dort eine Veranstaltung gibt, erkennt man es daran, dass schwarze Mitbürger, zu Fuß, mit dem Auto und eben per Bahn aus allen Teilen der Stadt dorthin strömen. Das allein wäre wiederum nichts besonders. Besonders ist aber, dass sie an diesen Tagen festlich gekleidet durch die ganze Stadt fahren. Die Männer in feinen Anzügen und die Frauen tragen leuchtend bunte Kleider und hochgesteckte Kopftücher, wie man sie sonst nur in Afrika sieht.

Eines dieser Feste musste soeben zu Ende gegangen sein. An der Haltestelle Petzvalstraße warteten mehrere dieser festliche gekleidete Kirchenbesucher. Es dauerte etwas bis alle eingestiegen waren.

Nach einer kurzen Weile begann ein Kind hinter mir zu singen: „Fuchs Du hast die Ganz gestohlen, gibt sie wieder her, gib sie wieder her...". Eine schöne, klare Kinderstimme. Lange hatte ich das Lied nicht mehr so schön gehört. Nein, lange hatte ich es gar nicht gehört. Nach einer kurzen Pause begann das Kind wieder: „Auf einem Baum ein Kuckuck ..." Ich summte leise mit „Simsalabim Bambasela Dusela Dim. ..." Ich musste unverhohlen vor mich hin grinsen: „Simsalabim Bambasela Dusela Dim. ..." Wieder gab es eine kleine Pause.

„Mandala, Mandala, nicht so laut", mischte sich jetzt die besorgte Stimme einer Frau hinter mir ein. Die Frau sprach hörbar gebrochen deutsch. Wieder vergingen nur ein paar Augenblicke, dann hub die Kinderstimme behutsam wieder an: „Guten Abend, gut Nacht, mit Rosen bedacht..." Das Kind sang jetzt leise, aber sie war trotz allem gut zu hören.

Die nächste Halstestelle kam und Mandala stieg aus. Ihre Mutter nahm sie bei der Hand und ermahnte sie noch einmal. „Nicht so laut, nicht so laut." Bevor sich die Türen wieder schlossen, hörte ich noch: „... schlupf unter die Deck."

Ich fühlte mich berührt. Nicht allein wegen der Lieder. Mandala trug eines dieser bunten afrikanischen Kostüme. Sie mochte ungefähr sechs Jahre alt sein und ihre Haut war schwarz.

Der Christian Hope Church e.V. ist inzwischen umgezogen. Ich bin sicher, dass Mandala jetzt in einer anderen Straßenbahn singt, wenn auch vielleicht ganz leise.

2:3 gegen Nürnberg

Kurz vorm Schloß war mal wieder Stau. Erst ging es nur im Schritttempo um die Kurve zu Galeria Kaufhof herum, dann direkt nach der Haltestelle blieb alles erneut stehen. Auf dem Schloßplatz standen die Einsatzwagen der Polizei mit Blaulicht. Auch auf dem Bohlweg Höhe „Lindi" flackerten überall die blauen Lichter und vom Ring kam eine ganze Kolonne von Fahrzeugen.

Einige der Fahrgäste schauten sich beunruhigt um. In meinem Viererplatz saßen wir zu dritt. Ein türkisch stämmiger Mitbürger, der zusehends unruhig wurde und ein junger Mann, der vollkommen entspannt in die Runde guckte. Nachdem mein Sitznachbar und ich uns mehrfach den Kopf verdreht hatten, um zu erkennen, welchen Anlass es für dieses erhöhte Sicherheitsaufgebot gab oder vielleicht auch um zu erkennen, ob man sich rechtzeitig in Sicherheit bringen musste, antwortete der junge Mann auf die nicht gestellte aber im Raum stehende Frage: „Eintracht."

Mein Sitznachbar entspannte sich zusehends. „Was für ein Aufwand", gab ich zum Besten. „Ist immer so", meinte der junge Mann daraufhin. „Der Gegner fährt nach Hause."

Ich muss gestehen, dass ich schon lange nicht mehr im Stadion gewesen bin, auch wenn mich unsere

Eintracht interessiert, aber wenn man jeden Samstag ins Seniorenheim fährt, dann geht das einfach vor. Mutter ist halt über neunzig, aber das hatten wir ja schon. Dennoch, mit dem Herzen immer dabei.

„Weißt Du wie es ausgegangen ist?" fragte ich meinen Gegenüber. Wenn man sich als Fan gegenseitig erkannt hat, dann duzt man sich. „2 : 3 gegen Nürnberg – nach anfänglicher Führung", seufzte er. Ich schaute ihn sorgenvoll an. Auch mein Sitznachbar schaute jetzt fast so sorgenvoll wie vorhin, als er sich nicht sicher war, ob er nicht vielleicht doch die Flucht ergreifen solle. Schon komisch wie unsere Eintracht plötzlich drei Fremde vereint, selbst wenn sie zuvor noch im Unruhezustand waren. „Halbzeit 2 : 1", fuhr der junge Mann jetzt fort. „Eine Regenschlacht." „Haste gesehen?" fragte ich etwas ungläubig, da er ja bei uns im Wagen saß. „Klar", er hielt sein Smartphone hoch. „Und woran lag's?" Der junge Mann zuckte die Schultern. „Bestimmt wieder die Abwehr." mischte sich jetzt unser Mitfahrer ein. „Ja, war nicht so gut", erkannte der junge Mann. „Erst zwei saubere Tore aber dann noch zwei gefangen."

„Da wird die Diskussion um Lieberknecht wieder losgehen", meinte ich. „Die sollen den Lieberknecht mal in Ruhe lassen, der ist schon der Richtige", ergänzte mein Sitznachbar. „War zu Schluss einfach keine Kraft mehr", klärte uns unser junger Mitfahrer auf.

Jetzt saßen drei erwachsene Männer irgendwie leicht „bedröppelt" in einer Bahn, die zuvor noch von Blaulichtern umleuchtet gewesen war.

Inzwischen fuhren wir schon die Fallersleber hoch. Am Theaterwall stieg der erste von uns aus, an der Mozartstraße der zweite und der dritte fuhr jetzt bis zur Haltestelle „Messeweg". ‚Erst mal ins Schabreu, also ehrlich. Tutti hat bestimmt noch ein kühles Blondes, bevor es später dann nach Hause geht.'

Sparbeleuchtung

Wenn man in der Innenstadt einkaufen will, dann ist die beste Haltestelle die an der alten Hauptpost. Das ist die Haltestelle mit den vielen Wettbüros und Kneipen. Gleich um die Ecke liegt der Kohlmarkt. Auch auf der Rückfahrt, am besten man steigt dort ein, dann findet man nämlich immer noch einen Platz. Allerdings, wenn man Pech hat, dann muss man ein bisschen warten, samstags eine Viertelstunde. Ich hatte Pech.

An der Haltestelle Friedrich-Wilhelm-Straße gibt es abends Sparbeleuchtung. Man kann was sehen, aber nicht mehr. Anders ausgedrückt, die Bahnsteige haben zur besseren Sicht helle Bodenplatten, die, wie es die Witterung will, nicht so ganz stark reflektieren und das Licht darüber ist eben, wie die Stadt es will, Sparbeleuchtung. Zugegeben es war Herbst, es war diesig und es war halb sieben Uhr abends. Da muss man schon ein wenig aufpassen, wenn man an dieser Stelle die Straße überqueren möchte. Die Bordsteinkante wirkt grau in grau am Rande des Gleisbettes.

Im trüben Halbdunkel kam ein Mann mittleren Alters aus Richtung Kohlmarkt. Er kam über den Platz auf dem „der Mensch aus starren Bindungen und Normen befreit" wird. Er trug eine Papiereinkaufstüte und er lief schräg über die Straße. Es schien, als wollte er sich direkt an der Haltestelle unterstellen. Ich war nicht sicher, ob er vielleicht angetrunken war, auf alle Fälle schaute er nach unten, um den Bordstein nicht zu verfehlen und er vertrat sich. Es ging alles ganz schnell. Er knickte um und fiel vornüber auf das Gleisbett. Dort blieb er für einen Augenblick liegen, raffte sich aber dann wie in Zeitlupe wieder auf.

Seine Tüte war zu Boden gefallen und eine Schachtel und etwas Obst waren herausgerollt und lagen jetzt verstreut auf der Straße und in der Halte-stelle.

Ich eilte hinzu und versuchte ihm aufzuhelfen. Er murmelte aber nur: „Es geht schon, es geht schon." Ich sammelte die verstreuten Gegenstände auf und legte sie zurück in seine Tüte. „Danke", brachte er hervor und hielt sich dabei sein Knie. Jetzt war ich ziemlich sicher, dass er leicht angetrunken war.

Während er sich noch selber zusammensuchte, öffnete sich die Tür einer der Kneipen in der Straße. Zwei junge Frauen kamen heraus. Auffällig ge-schminkt und ähnlich auffällig gekleidet. Sie lachten laut, nickten sich gegenseitig zu und gingen nun von hinten auf den Mann zu. Die eine hakte sich von links unter die andere von rechts. Fröhlich lachend redeten sie auf ihn ein. ‚Spanischer Akzent', dachte ich bei mir. „Komm, wir bringen Dich jetzt nach Hause." So in etwa hörte es sich an. Bei näherer Betrachtung kam ich zu dem Schluss, dass sie vielleicht doch nicht mehr so jung waren, wie ich angenommen hatte. Das war gewiss der Beleuchtung geschuldet.

Zunächst schien es mir, als ob der Mann protes-tierte. Seine Anstrengungen sich loszumachen, waren aber eher zaghaft. Vielleicht war er nur nicht sicher, ob die Richtung stimmte. Man konnte bei dieser Be-leuchtung ja wirklich nicht so gut sehen, aber dann hatte ich den Eindruck, dass er nach und nach aus seinen „starren Bindungen und Normen" befreit wur-de.

Auf alle Fälle wurde die Stimmung der drei zu-nehmend fröhlicher. An der Ecke zur Bruchstraße waren sie dann plötzlich verschwunden.

Bis zu diesem Augenblick war mir die Bedeutung der Skulptur auf dem kleinen Platz noch nicht so deut-lich gewesen, aber jetzt war irgendwie alles klar.

Das Mädchen mit dem grünen Kissen

„Komm hierhin, komm!" Das Mädchen schlug mit der flachen Hand auf den Sitz neben sich, den es soeben in einem Viererplatz erobert hatte. Die beiden anderen Plätze waren bereits besetzt. Mehrere Fahrgäste drängten vorbei. Ihre Freundin steckte im hinteren Teil des Wagens fest. Sie winkte von dort und lachte. Auch das Mädchen, das den Platz freihielt, winkte und lachte. Sie mochten beide etwa zwölf, dreizehn Jahre alt sein.

Die Bahn fuhr los. Aus der anderen Richtung drängte plötzlich ein anderes Mädchen hervor. Es war erkennbar im selben Alter aber größer und kräftiger als die beiden andern. Behände schob es sich an dem ersten Mädchen vorbei und setzte sich auf den freigehaltenen Platz. Dann legte es auf seine Knie ein grünes Kissen, so als ob darauf jemand Platz nehmen sollte. Das erste Mädchen wollte protestieren. Das Mädchen mit dem grünen Kissen würdigte es aber keines Blickes.

In der Zwischenzeit war die Freundin des ersten Mädchens an den Plätzen angekommen, fand aber jetzt keinen freien Sitzplatz mehr vor. Sie sprach das große Mädchen mit Vornamen an und mir wurde klar, dass die drei sich kannten.

Das Mädchen mit dem grünen Kissen rührte sich nicht. Die beiden Freundinnen sahen sich an. Sie zeigten aber spürbar Respekt. Dann zuckten sie mit den Schultern und unterhielten sich, so als habe das eben Erlebte keine weitere Bedeutung. Das erste Mädchen flüsterte ihrer Freundin etwas ins Ohr und beide lachten mit dem Blick auf das große Mädchen. Die Freundin tippte sich mit dem Finger an die Schläfe. Daraufhin mussten beide wieder lachen.

An der nächsten Haltestelle wurde ein Sitz in dem Viererplatz frei. Das Mädchen, das noch immer neben ihrer Freundin stand, wollte sich jetzt hinsetzten aber das große Mädchen versperrte ihm den Zugang. Dann legte es sein grünes Kissen auf den freien Platz und meinte. „Da, besetzt!" Ein strenger Blick reichte. Das andere Mädchen wich zurück

Langsam wurde mir klar was sich hier abspielte. Die drei kannten sich ganz offensichtlich. Hier hatte sich jemand vorbereitet, um den anderen zu zeigen, wie es ist, wenn man nicht weiterkam oder um Macht zu demonstrieren. Warum sonst trug sie dieses Kissen bei sich? Man hätte auch annehmen können, dass sie es nicht legitim fand, dass in einer Straßenbahn, in der jeder gleichberechtigt einen Platz suchte, eine andere Person einfach einen Platz blockierte. Also demonstrierte sie jetzt genau das. Aber vielleicht war es ja viel banaler. Da die drei sich offenbar kannten, war das große Mädchen einfach nur sauer, dass für sie kein Platz freigehalten worden war.

An der Haltestelle Emsstraße stiegen die beiden Freundinnen aus. Sie lachten immer noch und blickten noch einmal zurück zu dem großen Mädchen. Ich fing Bruchstücke wie „behindert" und „Montag in der Schule" auf. Das große Mädchen rutschte jetzt auf den freiwerdenden Platz und nahm ihr grünes Kissen wieder auf den Schoß, drehte sich aber nicht zu den beiden anderen um.

Eine ältere Frau, die als vierte in diesem Viererplatz gesessen hatte und alles mit angesehen und verfolgt hatte, saß ihr jetzt direkt gegenüber. Sie fixierte das Mädchen mit einem nahezu hasserfüllten Blick. Das Mädchen wich dem Blick nicht aus. Nach einer Weile fragte es: „Warum schauen sie mich so an?" Das klang durchaus provozierend, zugleich klang es aber auch unsicher. Die ältere Frau wartete einen Augenblick mit ihrer Antwort. „Ich schaue Dich nicht an", antwortete sie. „Du bist es gar nicht wert, dass man Dich anschaut."

„Nächste Haltestelle Donauknoten." Die ältere Frau stand auf und stieg aus. Der Blick des Mädchens ging jetzt in Leere. Ich hatte das Gefühl, als kämpfe sie mit den Tränen. Dieser Eindruck war aber nach wenigen Augenblicken verflogen.

Eine Woche später traf ich das Mädchen wieder. Wir fuhren wieder im selben Wagen, wenn auch diesmal in der Gegenrichtung. Als sie zu mir hinüber blickte, lächelte ich ihr zu. Daraufhin stand sie auf und wechselte den Platz, so dass sie mich nicht mehr ansehen musste.

Vielleicht hatte mein Lächeln sie verunsichert oder vielleicht wollte sie einfach nicht angeschaut werden. Doch jetzt erkannte ich, dass mir etwas entgangen war. Das Mädchen war sauber gekleidet und ordentlich zurechtgemacht. Auf den ersten Blick gab es nichts Auffälliges. Ihr Gesichtsausdruck verriet jedoch noch etwas anderes. Auch jetzt war ich für einen Augenblick unsicher. Aber ich hatte einen solchen Gesichtsausdruck schon einmal gesehen. Langsam erinnerte ich mich. Dort saß jemand, der geistig behindert oder zumindest eingeschränkt war.

Langsam wurde mir klar, dass ich in der vergangen Woche Zeuge einer ganz besonderen Demonstration geworden war. Nicht das Mädchen mit dem grünen Kissen hatte die anderen beiden ausgegrenzt, sondern dieses Mädchen war das bereits ausgegrenzte gewesen. Es hatte diese Ausgrenzung zuvor erlebt. Jetzt hatte es die beiden anderen spüren lassen wollen, was es heißt ausgegrenzt zu werden. Und mit ihrer körperlichen Überlegenheit war ihr das auch gelungen.

Jetzt wurde mir auch klar, welche Bedeutung das Tippen mit dem Finger an die Schläfe bedeutet hatte. Und mir wurde klar, was das grüne Kissen bedeutet hatte, nämlich: „Hier gibt es einen Platz, den ich freihalte vielleicht für meine Freundin, die ich nicht habe, aber gerne hätte und wenn Du mich bittest, dann darfst Du dich hinsetzen aber nur, wenn Du auch ehrlich meine Freundin sein möchtest." So in etwa mussten die Gedanken gewesen sein.

Ich musste das Mädchen die ganze Fahrt über anschauen und ich tat es so, dass sie es hoffentlich nicht merkte, aber sie schaute sowieso in die andere Richtung. Die ganze Zeit hatte ich dabei die Worte der älteren Frau im Ohr. „Du bist es gar nicht wert, dass man Dich anschaut."

Der Junge mit der Baseballkappe

Der junge Mann trug eine dunkelrote Baseballkappe. Wie viele junge Leute hatte er den Schild nach hinten gedreht. Er saß in einem sonst unbesetzten Viererblock. Er war auffallend unruhig, bewegte sich ständig, schaute aus dem Fenster, dann wieder durch den Wagen. Wenn er nicht so unruhig gewesen wäre, hätte ich ihn vielleicht gar nicht bemerkt.

Sein Smartphone hielt er horizontal vor sein Gesicht. „....bin jetzt in der Bahn ... Cyriaksring ..." Bruchstücke konnte ich vernehmen. Wir waren noch nicht am Cyriaksring. Es klang mehr wie eine Ansage oder ein Kommentar. Ich hatte nicht den Eindruck, als käme vom anderen Ende der Leitung eine Antwort.

Zunächst maß ich der Sache keine weitere Bedeutung bei. Wenige Minuten später hielten wir an der genannten Haltestelle. Vier junge Männer stiegen ein. Es gab eine lockere Begrüßung und drei setzten sich auf die freien Plätze in der Vierergruppe.

Den vierten hatte ich zunächst nicht bemerkt, weil er nicht zusammen mit den andern eingestiegen war. Er kam von ganz vorne, schaute prüfend durch den Wagen und gesellte sich erst dann zu den übrigen. Ein kräftiger, untersetzter Typ mit dunklen Augen und schwarzen Augenbrauen. Jetzt baute es sich so vor der

Gruppe auf, so dass man nicht direkt sehen konnte, was die vier anderen taten.

Es begann eine aufgeregte Unterhaltung. Ich konnte das meiste nicht verstehen, aber einer schlug vor, ob sie nicht besser den Bus nehmen sollten. Der Junge mit der Baseballkappe wiegelte ab. „Nein, nein ich muss in der Bahn bleiben." Die anderen lenkten ein. Die Bahn rollte langsam auf die nächste Haltestelle zu. Zwei der jungen Männer standen auf und gingen zur Ausgangstür, während der Aufpasser weiter sicherte.

Der Junge mit der Baseballkappe und der verbliebene saßen sich gegenüber. Sie hielten beide die Arme leicht verschränkt Der eine ließ wie unabsichtlich die rechte Hand nach vorne gleiten, während er den Handrücken langsam nach oben drehte. Zwischen Zeige- und Mittelfinger schaute ein Papier hervor. Der Junge mit der Baseballkappe schob ebenso langsam seine Hand vor, nahm das Papier entgegen und schob es auseinander, begutachtete es, dann steckte er das Empfangene in seine Jackentasche. Nahezu gleichzeitig streckte er jetzt die andere Hand vor und schob sie seinem Gegenüber zu. Was sich darin befand konnte ich nicht sehen. Der andere hielt die Hand auf. Für einen Augenblick konnte man den Eindruck haben, als wollten sie sich die Hände schütteln. Beide zogen aber dann ihre Hände wieder zurück. Während der andere junge Mann kurz in seine Handfläche blickte, dann grinste und etwas in seiner Jackentasche verschwinden ließ, schaute der Junge mit der Baseballkappe wie unbeteiligt aus dem Fenster. Der andere stand jetzt auf und ging zu den beiden, die an der Tür warteten. Der kräftige Aufpasser blieb noch einen Augenblick stehen und folgte ihm dann.

Just in diesem Augenblick hielt die Bahn. Die vier stiegen aus, während der Junge mit der Baseballkappe sich sichtbar entspannte und zurücklehnte. Von hinten kam ein Bus heran, in dem die vier anderen verschwanden.

Eine Woche Später traf ich den Jungen mit der Baseballkappe wieder. Ich saß in der Bahn, die am Rathaus wartete. Er stieg ein und setzte sich drei Reihen weiter mir genau gegenüber. Als er den Blick hob, erkannte er mich offenbar wieder. Sofort stand er auf und stieg aus, noch bevor die Bahn losfuhr. Danach habe ich ihn nie mehr gesehen.

Sein tägliches Gebet

Am Gliesmaroder Bahnhof wurde es plötzlich voll. Ich meine nicht, dass zehn, zwanzig oder gar dreißig Fahrgäste einstiegen. An dieser Haltestelle steigt am Samstag normalerweise kaum jemand zu. Nein, genau genommen waren es nur zwei Personen, ein Mann und eine Frau. Aber die beiden „hatten es in sich", wenn ich das mal so respektlos formulieren darf.

Er war über zwei Meter groß oder hoch oder breit, egal wie man es betrachtete, dennoch sportlich und gut gekleidet und sie maß sicherlich in der Höhe 1,90 cm, hatte kurze, dunkelblonde Haare, ein fröhliches Gesicht und war ebenfalls gut gekleidet.

Etwas weiter vorne waren noch zwei Sitzplätze nebeneinander frei und sie setzten sich dorthin, was gar nicht so einfach war. Sie passten gemeinsam kaum in die Sitze. Aber man hatte das Gefühl, als sei das für sie eine gängige Übung. Sie zwängten sich dicht nebeneinander und sie schienen dabei bester Laune zu sein. Schön, wenn man sich so versteht, dachte ich bei mir.

Als mich einen Augenblick danach der Blick des Mannes traf, kam ich mir allerdings irgendwie wie ein Zwerg vor. Ich tat, als habe ich es nicht bemerkt und schaute aus dem Fenster, konnte aber dann doch nicht umhin, wieder hinüber zu schauen.

Den übrigen Fahrgästen ging es wie mir. Rund um waren die Gespräche verstummt und tatsächlich gab es einzelne Personen, die von ihren Smartphones aufblickten und zumindest für einige Augenblicke das „andere Programm" wahrnahmen.

Die beiden Riesen schienen das gar nicht zu merken. Sie unterhielten sich leise und lachten das ein oder andere Mal. Wahrscheinlich waren sie es längst gewohnt, dass man sich nach ihnen umdrehte, wenn sie gemeinsam oder auch alleine auftraten. Am Botanischen Garten hatten sich dann alle wieder beruhigt.

Die Bahn hielt am Rathaus. Während sie einfuhr, konnte ich einen Mann beobachten, der in einen der Papierkörbe an der Haltestelle hineinspäte und darin herumwühlte. Wenn man aufmerksam durch die Stadt geht, sieht man solche Bilder in unserer Stadt immer wieder. Inzwischen gibt es quasi professionelle Abfallwühler, die mit Plastiktüten bewaffnet durch die Innenstadt ziehen und Pfanddosen und -flaschen aus den Papierkörben zerren.

Dieser Mann gehörte nicht dazu. Als die Türen der Bahn sich öffneten, schaute er sich kurz um und stieg dann ein. Er fand einen freien Platz. Er senkte den Blick nach unten und verschränkte die Hände auf seinem Oberschenkel. Sein Gesicht war ausgemergelt und ich bemerkte, dass er die Hände deshalb verschränkte, weil die eine Hand heftig zitterte. Er hielt sie mit der anderen fest. Er gehörte zu denen, denen es offensichtlich nicht leicht fiel, sich in der Öffentlichkeit zu entblößen und im Abfall zu wühlen, doch an seiner Kleidung war zu erkennen, dass er es bitter nötig hatte, auf diesem Weg an ein paar Cent zu kommen.

Ich erinnerte mich daran, wie mir vor vielen Jahren in Paris ein Clochard, den ich zufällig beim Wühlen im Papierkorb beobachtet hatte, sagte: „C'est ma prière quotidien!" Das ist mein tägliches Gebet. Damit wollte er mir sagen, dass er täglich betete etwas zu finden und dass er sich dabei nicht schämte. „Und wenn der Herr mich erhört, dann finde ich etwas", ergänzte er damals. Der Mann in der Linie 3 schämte sich. Er sah zu Boden.

Das Gespräch der beiden Riesen war inzwischen verstummt. An der Haltestelle „Schloss" standen sie auf. Sie gingen durch den Wagen an dem Mann vorbei. Der männliche Riese bückte sich plötzlich und hielt dem Mann eine kleines Papierbriefchen hin: „Hier, steck's weg", raunte er ihm zu. Wie in Trance griff der Mann danach und ich konnte erkennen, dass es ein zusammengefalteter 5 Euro-Schein war. Er versteckte ihn in seiner Hand. Dann schaute er dem Riesen nach und in diesem Blick lag Dankbarkeit.

Draußen hakten sich die beiden Riesen ein. Sie gingen fröhlich zur Treppe, die zur Unterführung führt und verschwanden. Ich schämte mich ein wenig, dass ich nicht selber an so etwas gedacht hatte, um diesem Mann zu helfen. Vielleicht auch einfach deshalb nicht, weil ich Angst gehabt hatte, ihn bloß zu stellen. - Warum eigentlich?" dachte ich bei mir, „Bloßstellen, weil er betete?"

Das wertvollste Gut

Die Gliesmaroder Straße ist eng. Eigentlich ist sie normal aber eben mit zwei Fahrspuren, zwei verbreiterten Bürgersteigen mit eingelegtem Fahrradstreifen und zwei Parkstreifen doch eng.

In schöner Regelmäßigkeit bleibt die Straßenbahn in der Straße hängen, weil entweder eines der Fahrzeuge, die am Rand parken zu weit links steht und da reichen wenige Zentimeter oder aber weil einer der inzwischen überall bekannten Kleinlastwagen den Weg versperren. D.h. nicht, dass alle diese Fahrer rücksichtslos auf der Fahrspur halten. D.h., dass einer dieser Fahrer vorbildlich rechts ran fährt auf den Parkstreifen und dann vorbildhaft hinten die Verladetüren öffnet und dann ebenso vorbildhaft seine Ware zu seinen Kunden bringt. Allerdings, wenn er vorher vergisst, den Außenspiegel einzuklappen oder wenn er vergisst, dass sein Kleinlaster kein LT ist sondern eben etwas breiter, dann kommt die Straßenbahn nicht durch.

Manchmal vergisst allerdings auch der Straßenbahnfahrer, dass man da nicht durch kommt, weil es eben so aussieht, als ob man durch kommt und dann bleibt die Bahn so richtig hängen, am Außenspiegel des Kleinlasters.

Ein warnendes Klingeln ging vorweg, dann fuhren wir behutsam langsamer, dann noch langsamer, dann ganz, ganz, ganz langsam und dann hörte man ein hässliches Schaben. Mit einem Ruck, der jetzt nur noch ein kleiner Ruck war, blieben wir stehen.

Vom hinteren Teil des Wagens konnten man nicht sehen war passiert war. Alle Fahrgäste blieben ruhig auch wenn der Standort der Bahn direkt an der Einmündung zur Wilhelm-Bode-Straße etwas ungewöhnlich erschien.

Unser Fahrer öffnete jetzt seine Tür und stieg aus. Kurz danach stieg er wieder ein und begann die Leitstelle an zu funken.

Hinter der Bahn brach ein Hupkonzert los. Dies galt offensichtlich weniger der Straßenbahn als dem vermeintlichen Hindernis davor. Jeder Autofahrer weiß, dass es keinen Sinn macht, eine Straßenbahn an zu hupen, außer er kommt aus ... Na, das lassen wir. Es dauerte nur wenige Sekunden bis das erste Auto links an uns vorbeirauschte. Diesem folgten gleich zwei weitere und nach kurzer Unterbrechung schoss ein weißer Audi hinterher. Ich muss nicht darauf hinweisen, dass es sich bei diesem Fahrzeug nicht um eines mit Braunschweiger Kennzeichen handelte.

Einige Fahrgäste waren inzwischen aufgestanden, zwei gingen nach vorne. Offensichtlich wollten sie den Fahrer überreden, ob sie nicht aussteigen könnten. Zumindest öffneten sich in der Mitte des Wagens die Türen und unser Fahrer hastete außen an seiner Bahn entlang und half den Fahrgästen hinaus.

Klar, wenn es nicht weiter ging und sie sowieso an der Haltestelle Mozartstraße aussteigen wollten, ... warum nicht? Natürlich wissen alle Fahrer, dass das Zu- und Aussteigen auf freier Strecke untersagt ist, aber hier handelte es sich ja um einen Notfall oder zumindest um einen Unfall. Außerdem konnte man hier „...präventive Maßnahmen zu Vermeidung einer Massenpanik..." gelten lassen. Unser Fahrer sicherte das Aussteigen ab und schloss die Türen wieder.

In der Zwischenzeit war der Fahrer des Kleinlasters aufgetaucht, schloss vollkommen ungerührt die Türen zu seiner Ladefläche und wollte einsteigen, um weiterzufahren, was aber aus verständlichen Gründen nicht möglich war.

Endlich hatte der Straßenbahnfahrer seine Leitstelle erreicht. Es folgte ein kurzes Gespräch und er kam aus seiner Fahrerkabine: „Es geht gleich weiter, die Kollegen kommen gleich." Jetzt stieg er wieder aus und wandte sich dem Fahrer des Kleinlasters zu. Während sie noch draußen verhandelten, hämmerte es von außen an die mittlere Wagentür. Draußen stand ein alter Mann mit einem Rollator. Er hatte seinen Gehstock erhoben und schlug von außen ans Fenster. „Immer der gleiche Mist hier", rief er. „Dabei stehen doch überall Schilder, dass sie rechts ranfahren müssen, wenn sie parken wollen." Hinter ihm hatte sich eine Schlange von Autos gebildet, die von der Wilhelm-Bode-Straße auf die Gliesmaroder Straße einbiegen wollten.

Unser Straßenbahnfahrer und der Fahrer des Kleinlasters hatten ihr Gespräch beendet. Offensichtlich war es ganz friedlich und freundlich verlaufen.

Unser Fahrer ging jetzt auf den alten Mann zu, öffnete ihm die Tür und half ihm die Stufen hinauf, während dieser immer noch still vor sich hin fluchte. Dann ging er nach vorne, stieg wieder in seine Fahrerkabine und ließ die Türen zugleiten. Auf der Gegenfahrbahn rauschte inzwischen gefühlt der zwanzigste PKW mit lautem Hupen vorbei.

Der Außenspiegel des Kleinlasters wurde eingeklappt und wir rollten wieder langsam an.

Ich bewunderte unseren Fahrer wegen seiner Geduld und seiner Umsicht, auch wenn ich jetzt zehn Minuten Verspätung hatte.

Als wir den Kleinlaster passierten, las ich dessen Werbeaufschrift. „Vertrauen Sie uns Ihr wertvollstes Gut an, wir bringen es sicher ans Ziel." Irgendwie hatte ich das Gefühl, dass das eher für unseren Fahrer galt.

Ein Löwe kommt selten allein

„Irgendwas ist ja immer." Manchmal denke ich, dass das das Motto unseres Löwen ist. Den bringt nichts aus der Ruhe. Der blickt nach Osten und solange von da nichts kommt, kann ihn nichts erschüttern. Ehrlich gesagt, kann da auch nichts kommen, denn er guckt direkt auf die Burg, sozusagen auf seinen eigenen Hauseingang.

Das Treiben um ihn herum nimmt unser Löwe nicht wahr. Wozu auch? Er ist schließlich der Löwe. Irgendwie finde ich das schön, die Ruhe, die Sicherheit. Alles was drum herum geschieht, hat so wenig Bedeutung.

Wir Menschen sind halt klein und im Universum haben wir keinerlei Bedeutung. Nur manchmal, ja manchmal juckt es den ein oder anderen. Aber der Löwe, der bleibt gelassen und das ist auch verdammt gut so.

Rechts-Links-Schwäche

Ab und an gehen meine Freundin Karina und ich in die Oper. Meine Frau macht sich nichts aus Oper und Karinas Mann, der Wolfgang kann „ ... das Gejaule ...“ nicht hören. Also haben Karina und ich beschlossen, dass wir dann halt zusammengehen und dass das besser ist, als alleine zu gehen. D.h. Karina hat beschlossen und meine Frau hat zugestimmt.

Inzwischen war es 23:30 Uhr oder etwas später. Die Oper war längst verklungen und Wolfgang hatte uns wie ein gelernter Chauffeur direkt vor dem Hauteingang des Theaters abgeholt. Galant öffnete er die hinteren Türen und ließ sie sanft zuklappen. Allerdings das Zuklappen klapperte doch etwas nach, denn sein Oldsmobile 88 Baujahr 1953, den er heiß und innig liebte und pflegte und bei dem er so lange auf ein H-Kennzeichen gewartet hatte, ließ unüberhörbar sein Alter vernehmen. „Ich bin ein Auto, kein Panzer“, grummelte die klapprige Karosse.

Karina war fröhlich wie immer. „Wir bringen Dich zu Hause vorbei“, meinte sie leicht aufgekratzt. Der Sekt in der Pause schien immer noch zu wirken. „Wo müssen wir denn hin?“ fragte unser Galan unvermittelt. Ich erschrak ein wenig, da ich angenommen hatte, dass er bzw. Karina das wussten. „Erst einmal gerade aus“, stieß ich hervor, da mir im selben Augenblick etwas unwohl wurde. In der Dunkelheit fällt mir die Orientierung schwer und bevor ich mich an die Dunkelheit und die ungewohnte Perspektive aus dem

Fond eines Oldsmobile Baujahr 1953 gewöhnt hatte, standen wir in der Gegenrichtung zur gewollten Fahrtstrecke an der Ampel.

„Willst Du zu Deinem Freund?", meinte Karina und lachte. ‚Welch ein himmlischer Gedanke!', durchfuhr es mich, ein schönes kalten Bier oder ein frisch gezapftes Guinness. „Ach nein, natürlich zu mir nach Hause. Wolfgang, kannst Du bitte wenden." Wolfgang ließ sich nichts anmerken, nahm die nächste Seitenstraße und kam alsbald mit uns wieder dort an, von wo wir losgefahren waren. „Jetzt aber gerade aus", meinte Karina und ich nickte stumm in die Dunkelheit. Wir fuhren auf die nächste große Kreuzung zu, die eigentlich schon ganz in der Nähe unserer Wohnung war. „Wohin jetzt?", kam es von vorne. Diesmal wollte ich keine Blöße zeigen. „Hier noch gerade aus und da hinten dann rechts."

Zu meinem Erstaunen fuhr Wolfgang auf die linke Spur und ehe ich etwas sagen konnte war er links abgebogen. Ich sah die nahe gelegene Schule und die Kirche im Hintergrund vorbeigleiten. Vielleicht konnte ich ihm einen rettenden Hinweis geben. „Wir müssen an der Kirche vorbei", rief ich von hinten. Wolfgang stutzte und auch Karina sagte kein Wort. „Dann wären wir doch besser links abgebogen", meinte er wobei er deutlich in die Richtung zeigte, die ich zuvor noch angestrebt hatte. „Ja, an er Kirche vorbei", gab ich kleinlaut zurück.

Karina kreischte plötzlich los, sie lachte fast unbändig, neigte sich auf dem Beifahrersitz nach vorne und ließ sich dann rückwärts in den Sitz fallen. „Ach Wolfgang, Wolfgang, ich wusste es." Wolfgang war jetzt irritiert und fuhr ganz besonders langsam, abends um 23:30 Uhr im östlichen Ringgebiet kein Problem.

„Da wackelt ja der Löwe mit dem Hintern", prustete sie hervor. „Wolfgang, Wolfgang, da drüben das weiße Auto, da muss Du um die Ecke." Als wir da vorbei gekommen waren, ging es gleich weiter: „An der zweiten Laterne abbiegen." Wolfgang sah die zweite Laterne und bog ab. Drei Minuten später standen wir vor meiner Wohnung. Ich war sichtliche erleichtert auch angesichts der Tatsache, dass ich den Weg bereits vor einer viertel Stunde geschafft hätte, wenn ich zu Fuß gegangen wäre.

Als ich ausstieg, sprang auch Karina aus dem Wagen. Zum Abschied, Küsschen, Küsschen und dann flüsterte sie mir plötzlich ins Ohr. „Wolfgang hat doch die klassische Links-Rechts-Schwäche und wenn er seinen dicken Ring nicht an der Hand hat, dann geht das alles schief." Lachend sprang sie in den Wagen zurück.

Ich blieb draußen stehen und merkte, dass ich etwas Zeit brauchte um das alles zu verarbeiten. Am meisten beschäftigte mich jedoch, warum unser Löwe jetzt plötzlich mit dem Hintern wackeln sollte. Ich dachte mir, dass er höchstens bedenklich sein weises Haupt von links nach rechts wiegen würde, aber mit dem Hintern wackeln, – unser Löwe?

Schoduvel

Schoduvel ist eine ernste Sache, besonders in Braunschweig. Wobei, Karneval – und Schoduvel ist so etwas wie Karneval – ist überall eine ernste Sache. Jedes Jahr berichtet die Zeitung von den Vorbereitungen und jedes Jahr gibt es ein neues Motto. Und jedes Jahr gibt es einen Rekord, einen Zuschauerrekord. Na ja, und dann das Übliche, Weiberfastnacht und Büttenabend in der Stadthalle.

Nur in diesem Jahr war es etwas anders. Da hatte eine junge Journalistin eine Kolumne verfasst und … Ich schob die Brille auf die Stirn und las den Artikel noch einmal. Dann ließ ich die Zeitung sinken und da klingelt auch schon das Telefon. Mein Freund Eddi. Ohne es zu wissen, ahne ich was jetzt kommt. „Stell Di dat för!", der Eddi kommt aus dem Rheinland und er wettert auch gleich los: „Do wöll so'n jonges Ding dö Karnevalsprinz obschoffe. Soge mol, soll dat sowat wö'ne Gleischbereschtigungskampagne jäwen?"

Eddi ist vollkommen aufgebracht. „Bei uns in Bocklemünd wäre so jemand sofort erschossen worden – op de offene Stroß". Na, das wollte ich mir erst gar nicht ausmalen. Der Eddi ist eben, wie die Rheinländer sind, das Herz auf der Zunge. „Aber hier im Norden, da lässt man die Narren ja so richtig los – in der Zeitung. Die mit ihrem nachgemachten Karneval, den sie Schoduvel nennen."

Da übertreibt der Eddi. Schoduvel bedeutet so viel wie „Den Teufel aus der Stadt hinaus treiben" und da der Frühling ebenfalls dabei ist, kann man sagen, dass der Schoduvel einen etwas anderen Hintergrund hat als der Karneval in Köln aber der Schoduvel ist tatsächlich älter als der Karneval in Köln. Nur, wie soll so ein Rheinländer das auch wissen? Also ich verzeihe dem Eddi. Aber der Eddi ist nicht zu bremsen: „Das ist ja wirklich die Höhe! Demnächst werden noch an Weiberfastnacht die Kerle ins Rathaus geschickt und ...!"

Eddi hatte Recht. Traditionell stürmen die Weiber das Rathaus und übernehmen die Regentschaft. Der Bürgermeister wird abgesetzt und allen Männern, die nicht schnell genug auf einen Baum geflüchtet sind, wird der Schlips abgeschnitten. Ich betrachte das Bild in der Zeitung und denke nur: „Klasse, den Kerl hätte ich auch abgesetzt", den Bürgermeister natürlich.

Aber dann finde ich Eddis Idee plötzlich so richtig charmant. Stellen wir uns mal vor, nicht die Weiber, sondern die Kerle dürften so ungestraft das Rathaus stürmen und den Bürgermeister absetzen. Also, da wäre ich dabei! Männer folgt mir! Und noch besser, stellen wir uns mal vor dieser Bürgermeister wäre eine

Frau und hundert Kerle würden das Rathaus stürmen und ... nicht auszudenken! Doch, doch, doch, doch! Denken wir das mal weiter. Also: Hundert Kerle stürmen wild entschlossen das Rathaus und dann oben angekommen öffnet sich langsam die große Doppeltür und auf dem roten Teppich kommt die Oberbürgermeisterin in weißer Pelz Robe und metertiefem Dekolletee herausgeschritten. Ihre lange Zigarettenspitze reicht sie einem ihrer Lakaien und haucht dann lasziv in die Menge: „Meine Herren!" Das „Warum die Eile?" versinkt ungehört im aufstöhnenden Männerchor. Die erste Reihe der wilden Kerle bricht ohnmächtig zusammen. Die zweite Reihe hält sich vor Schrecken eine Hand vor dem Mund und beginnt zu stammeln und ich presche hervor, beuge mein Knie und biete untertänigst meine Dienste an.

Ich will gerade: „Eddi, Du bist der Größte!" in der Hörer rufen als mit klar wird, dass es so nicht geht und mir wird auch klar, dass auch der zweite Teil dieser Idee nicht funktionieren wird. Man stelle sich nur vor: Hunderte entfesselter Männer stürmen mit Scheren bewaffnet durch die Stadt, stürzen sich auf vorbeischlendernde Frauen und brechen dann schluchzend vor ihnen zusammen, weil sie nicht wissen, was sie jetzt tun sollen. Ich konnte also Eddi beruhigen. So schlimm würde es nicht werden. Aber Eddi ist noch nicht fertig: „Die kann den Erbsenbären geben und wenn sie dann im Kostüm drinsteckt ... !" „Eddi! – Das geht zu weit." Ich lege auf.

Ein paar Tage später sehe ich dann im Fernsehen unseren Zugmarschall auf seinem Wagen stehen. Fröhlich lächelnd winkt er in die Menge. Man kann es sehen, er liebt den Karneval und er liebt seinen jährlichen Auftritt. Mir fallen wieder Eddis Worte ein. Nein, nein, das was sich die Redakteurin da gewünscht hatte. Nein, das durfte man dem Mann nicht nehmen. Wollte sie ernsthaft daneben stehen und auch „Winke, Winke" machen? Ich grübelte jetzt erneut. Was hätte das verändert? Ein schlechter Abklatsch wäre dabei herausgekommen. Ändern würde sich nur dann etwas, wenn es wirklich etwas Neues gäbe.

Zugegeben, Eddis Idee mit dem Sturm auf das Rathaus war zwar astrein gewesen, hatte sich aber als undurchführbar entpuppt, aber wenn es an Stelle des Zugmarschalls eine, eine ... Die Idee, die mir jetzt kam, war zugleich unbeschreiblich, wie revolutionär. Jawohl! Hier musste was Besonderes her aber keine Zugmarschallin, so quasi seine rechte Hand. Nein, da brauchten wir ein ganz anderes Kaliber, - eine, eine Generalin!

Eine echte Karnevalsgeneralin, die den gesamten Karnevalszug befehligte und wenn der Zugmarschall nicht gehorchte, dann würde er hinweggefegt. Nicht genug! Eine Generalin, die alle Männer befehligte, das Rathaus zu stürmen und den Bürgermeister abzusetzen und falls der Bürgermeister eine Frau war, konnte sie auch befehlen den Dompreger abzusetzen. Immerhin, es ging um Karneval und da war der Dompreger ebenso gut wie der Bürgermeister. Nur − in Braunschweig ist der Dompreger ebenfalls eine Frau. So sehr ich soeben in Verzückung geraten war, so sehr geriet ich jetzt in Verzweiflung. Hunderte verzweifelter Männer vor unserer Dompredigerin. Das konnte man sich nicht ausmalen. Nein, das durfte man sich nicht ausmalen!

Ich rief Eddi an. Es dauerte ein paar Minuten, dann ging er dran: „Ey Alter, Du störst!" Im Hintergrund hörte ich laute Rufe „Helau, helau!" Ich Idiot, natürlich war der Eddi beim Umzug auf dem Altstadtmarkt. Ich brüllte durch den Hörer: „Ich hab's, Eddi, ich hab's, wir brauchen eine Generalin ... !" Eddie blieb das „Alaaf" im Halse stecken. An dieser Stelle muss ich mich für Eddi entschuldigen. Die Rheinländer können nicht anders. Mit diesem „Helau" können sie nichts anfangen. Für Eddi klingt das immer so „lau", wie ein laues Lüftchen. Und überhaupt, warum die Braunschweiger, die ja die Meister des langen Aaahs sind, nicht längst das Alaaf übernommen haben, ist ihm bis heute ein Rätsel.

„Braunschweig wäre die einzige Stadt, die eine Karnevalsgeneralin hätte, weltweit.", rief ich. „Und wir kommen ins Fernsehen, wir beide!" Vom anderen Ende kamen nur undifferenzierte Geräusche. „Weil wir das erfunden haben!" Ich hörte Eddi röcheln. Offenbar hatte er sich verschluckt. „Do bis ja wohl janz bekloppt!" hörte ich von Ferne. „Weißt Du was meine Olle dazu sagt? Die macht das sofort, – Generalin! Das wäre das Richtige für sie und hast Du dabei mal an mich gedacht?" Eddi klang richtig verzweifelt. „Was meinst Du, wen sie dann befehligt, dass er abgesetzt und aus der Stadt getrieben wird?" Jetzt wurde mir so richtig komisch. „ ... und Dich gleich mit!" hörte ich noch. Dann unterbrach die Verbindung.

Ich konnte den Eddi verstehen, wenn man eine Generalin zu Hause hat, braucht man keine Generalin zu Karneval. Das fehlte noch.

In diesem Augenblick wurde mir klar, dass wir das alles völlig falsch angepackt hatten, diese Redakteurin, der Eddi und ich. Darum ging es doch beim Schoduvel gar nicht. Beim Schoduvel geht es darum, mit allen Mitteln den Duvel aus der Stadt zu treiben, um sich von Sorgen, Kälte und allem Ungemach zu befreien. Und dann kommt der Frühling in Gestalt einer herrlichen Blondine und erwärmt allen, besonders uns Männern die Herzen. Jetzt endlich wurde mir klar, was hier als erster und eigentlicher Schritt zur Emanzipation folgen musste. Beim nächsten Schoduvel musste der Duvel eine Frau sein! ...und ich hatte auch schon eine Idee, wer das sein könnte.

Nabucco

Jedes Jahr gibt es Oper auf dem Burgplatz und jedes Jahr gehe ich dahin. Es ist jedes Jahr ein Genuss und jedes Jahr denke ich: ‚Verona ist ein … dagegen, Oper ist Braunschweig'. Ich kann gar nicht aufzählen, was es alles gegeben hat, nur eins ist sicher. Bevor es losgeht, sagt der Sprecher immer: „ … und bitte vergessen Sie nicht, nach der Vorstellung ihre Handys wieder einzuschalten." Dann herrscht Ruhe und alle sind gespannt, wie die Flitzebögen.

Auch in diesem Jahr. Was für ein schöner Abend. Eine laue Sommernacht, dagegen ist Verona ein … na ihr wisst schon. Und dann beginnt es. Erst die Musik und dann komm irgendwann der Chor und dann: Ich denk mich laust der Affe, mitten auf dem Burgplatz in voller Montur mein Freund Holger. Unter der Perücke hätte ich ihn fast nicht erkannt. Aber er ist es, zweifellos.

Dass „Elvis" in Braunschweig auf dem Burgplatz auftritt, das ist ja hinlänglich bekannt. Elvis kann auch nicht singen. Elvis ist der Wirt vom „4 Linden". Mit Elvis hat er so viel gemeinsam wie eine Kuh mit dem Fliegen. Es weiß auch keiner so recht, warum er Elvis genannt wird, am Hüftschwung kann's nicht liegen aber er trat auf dem Burgplatz auf, als „Muff" in der „Verkauften Braut". Das war toll, weil alle in Braunschweig Elvis kennen.

Aber mein Freund Holger. Der steht da mitten zwischen den anderen vom Chor und schmettert vor sich hin. Holger kann nicht singen! Dafür lege ich meine Hand ins Feuer. Wenn er schon mal loslegt, dann wird die Milch im Kühlschrank sauer. Betti verlässt dann die Wohnung mit Karlchen, das ist ihrer beider Dackel. Der einzige Dackel im östlichen Ringgebiet weit und breit.

Der Chor der Gefangenen ok. da passt er wiederum dazu, der Holger. Hoch konzentriert und voller Inbrunst. So sieht man Holger selten oder höchstens nach vier Pils und vier Köhm. Da fängt dann die Inbrunst bei ihm an. ‚Aha', denke ich. ‚Vier und vier, das wird es sein'.

Dennoch ich rätsle vor mich hin: ‚Wie hat der Holger das geschafft, dass er da mitauftreten darf'? Das Götzenbild stürzt zu Boden, Abigaille vergiftet sich und der Holger da mitten drin. Ich habe nur einen Gedanken. ‚Wie hat der Holger das geschafft und – seit wann kann der Holger singen'?

Ich hatte schon lange keine schlaflose Nacht mehr aber diesmal. Bis zu unserem nächsten Kegelabend kann ich nicht warten, das ist klar, also am nächsten Morgen zum Telefon. Ich warte bis elf, damit der Holger keine Ausrede hat, von wegen ausschlafen und so.

Er hört sich ziemlich verkatert an. „Hat's Dir gefallen?" Das war nicht meine Frage gewesen. ‚Warst Du das gestern Abend?' „Verarsch mich nicht", poltere ich heraus. „Sag nicht, dass Du da mitgesungen hast." „Wieso?", Holger klingt leutselig wie ein Lämmchen. Ich atme durch, aber tief. Ich bleibe zurückhaltend: „Erzähl mal."

„Na ja", das ist typisch Holger. Ich bin kurz davor ihn zu füsilieren und er: „Na ja."

„Der Extrachor, die haben doch keine Männer, nur so 'n paar junge Kerle, aber keine alten." „Ach, Du warst Statist?", warf ich ein. „Nee, die brauchten auch Bässe." „Bässe?" Ich überschlage mich beinahe rückwärts, am Telefon, sitzend. „Ja, weißt Du, damals bei der Bundeswehrt ..." Ich denke, ‚Holger, das ist vierzig Jahre her'. „...da sind wir doch auch marschiert und haben gesungen." Und dann brüllt er in den Hörer: „ ... Kommandant, Sergeant, nimm das Mädel, nimm das Mädel bei der Haaand!!!" Abgesehen davon, dass wir immer gesungen haben: „ ... wirf das Mädel, wirf das Mädel an die Wand.", hört es sich an, als würde ein wahrer Hunnensturm losbrechen.

Da merke ich plötzlich, wie wichtig ihm das ist. Das ist eben wie früher und der Holger hat eben an früher gedacht und er hat gedacht, dass es noch mal so ähnlich sein könnte und da ist ihm der Extrachor eingefallen.

Jetzt schäme ich mich ehrlich ein bisschen, dass ich so aufgebracht war und so abfällig über den Holger gedacht habe. Und so schlimm singt der Holger ja dann auch nicht und wenn er im Bass die tiefen Töne kriegt, warum nicht.

„Mensch Holger", sage ich. „Das ist ja geil. Ich will sehen, dass ich noch mal 'ne Karte bekomme. Und danach gehen wir gemeinsam ins Lindi." „Bemühe Dich nicht", antwortet er darauf. „Alles ausverkauft, aber ich kann Dir noch eine besorgen." Jetzt schäme ich mich erst recht.

Home Run Party

Einmal im Jahr ist Home Run Party. Da treffen sich die alten Säcke, sagt meine Tochter immer. Für die, die es nicht wissen, Home Run Party ist Anfang Februar in der Brunsviga. Die Home Run Party gibt's jetzt schon mehr als zwanzig Jahre aber sie ist immer noch so was wie ein Insidertipp und meine Tochter hat recht. Über die Jahre trifft man Menschen, die kennt man von ganz, ganz früher.

Die Band nennt sich „Blues Power" und ich sage euch, die machen ihrem Namen alle Ehre. Sie legen den Blues hin, wie der Kohlenmann einen Sack Kohle auf die Waage wuchtet, also echt tonnenschwer. Aber sie mischen auch Elemente von Swing hinein und dann lassen sie erst einmal den Bass von der Kette und das Saxophon.

Der Saxophonspieler ist ein „Real Stunner". Er kommt von hinten mit seinem Saxophon und dann geht es quer über die Bühne im Duck Walk, im Entengang wie einst Chuck Berry. Nur, er ist nicht mehr der Jüngste und ich habe jedes Mal Angst, dass er einen Herzinfarkt auf offener Bühne kriegt. Künstlern sagt man ja nach, dass sie am liebsten auf der Bühne sterben würden aber mit Saxophon im Mund und das in der Brunsviga? Aber der Kerl springt auf und nieder wie ein Känguru. Manchmal denke ich, ‚Der legt's drauf an'.

Wenn die Jungs sich dann warmgespielt haben, drängen die Leute nach vorne und fangen vor der Bühne an zu tanzen. Niemand fordert sie auf. Es geht einfach los. Dann kommt der Gaststar. Jedes Jahr jemand anderer. Da waren schon richtig berühmte Leute dabei, die Du sonst irgendwo in England oder Amerika vermutest. Die kommen tatsächlich ausgerechnet nach Braunschweig in die Brunsviga.

„Mr. Cleanhead", so heißt der Boss der Truppe, hat da ein Händchen für. Einmal hat er Chris Kramer geholt. Der kommt allerdings nicht aus England oder Amerika, der kommt aus Marl. Denkt man nicht? Chris spielt Mundharmonika, so eine richtige Blues Harpoon. Kann man sich vorstellen, dass ein einzelner Mann mit Mundharmonika eine ganze Band an die Wand spielt? Ich sage euch, man kann. Wenn er spielt, dagegen ist „Spiel mir das Lied vom Tod" ein fröhliches Kinderlied.

So war das an dem Abend. Die Leute hörten auf zu Tanzen und lauschten und Chris spielte und plötzlich fängt der Frieder neben mir an zu weinen, mitten drin. Frieder ist ein riesen Kerl. Mindestens 120 Kilo, immer ein bisschen zu laut und immer ein bisschen zu fröhlich. Da kommst du nicht drauf, dass den plötzlich die Wehmut packt.

Aber da steht er und lässt seinen Tränen ihren Lauf. Ich weiß erst gar nicht, was er hat. Ich habe das

Gefühl, dass er leicht schwankt. Bevor er stürzt und vielleicht noch jemanden erschlägt, schiebe ich ihn zu einem Stuhl und er sackt zusammen und heult wie ein Schlosshund. Ich lasse ihn heulen. Keiner sagt was. Warum soll ein Kerl auch nicht da sitzen und heulen?

Das Schöne an der Home Run Party ist, dass das alles möglich ist. Man ist eben unter Freunden. Ja, ja, die alten Säcke würde meine Tochter sagen. Und irgendwie hat sie Recht.

Frieder sitzt immer noch da, als Mr. Cleanhead sein Solo hat. Er singt alleine mit dem Pianisten. So eine feste, klare Stimme. "Have a little faith in me". Da heult der Frieder noch viel lauter. Jetzt kann er sich gar nicht mehr beruhigen und ich fang an mir Sorgen zu machen.

„'n Bier", frage ich den Frieder. Er nickt. Ich ziehe ihn hoch und wir beide gehen raus. Auch das geht auf der Home Run Party. Da kannst Du ruhig mal rausgehen. Da sagt keiner was. Ich schiebe den Frieder zu einem Tisch. Da lässt er sich dann wie in Zeitlupe auf einen Stuhl sinken.

Als ich mit zwei Bier wiederkomme, sitzt der Frieder da und sinniert. „War unser Lied, weißt Du?" Ich kapiere, 'ne ganz alte Geschichte. Tja, so ist das mit den alten Säcken. Da kommt schon mal was hoch, aber hier auf der Home Run Party ist man schließlich unter Freunden.

Handmade

Muss ja alles Englisch sein, heutzutage. „Handmade" in der Stadthalle ist die Party für die Mädels. Da geht nichts drüber. Für die, die nicht wissen, was die „Handmade" ist, herhören Männer: Die „Handmade" ist die große Bastel-, Strick-, Häkel-, Töpfern-,

Quilten- und Ich-weiß-nicht-was-Messe in Braunschweig.

Wenn Du am Samstagnachmittag hingehst, dann stehen sie da Schlange bis zur Bushaltestelle, die Mädels, die Kerle natürlich auch, wenn sie denn mitdürfen. – Ich durfte mit.

Vor uns ein Mädchen mit ihrer Mutter. Das Mädchen zog ihre Mutter immer wieder am Arm, damit sie sich richtig einreihte. Als sie an die Kasse kamen, fragte das Mädchen. „Was kostet es?" Die Frau am Schalter antwortete. Das Mädchen drehte sich zur Mutter um und übersetzte. Die Sprache konnte ich nicht verstehen. „Wie alt bist Du denn?" fragte die Frau an der Kasse. „Zwölf Jahre", antwortete das Mädchen. „Dann musst Du nicht bezahlen – nur Deine Mutter." Das Mädchen übersetzte wieder. Die Mutter gab das Geld. Sie bekamen eine Eintrittskarte und ein grünes Armbändchen.

Was ich meine? Egal wo sie herkommen, die Mädels lieben diese Messe und schon ist Integration kein Thema mehr.

Meine Frau wühlte sich durch die Stoffe, Garne und Schnittmuster. Ich trug die Tasche. Dann kamen wir zu einem Stand mit Strickwolle. Nicht irgendein Stand. Das waren Kostbarkeiten, Feinstes Strick- und Häkelgarn. Ich merkte sofort, da vergisst jetzt jemand alles um sich herum.

Viele Stände sind so – sagen wir halbprofessionell. Sie betreibt das Geschäft und er unterstützt sie. Die meisten dieser Jungs machen das wirklich toll. Auch der Stand an dem wir jetzt waren.

Er war schätzungsweise Anfang siebzig, beriet die Frauen die dort hin kamen und räumte alles wieder sauber ein, was sie durcheinander gewühlt hatten. Das war viel Arbeit. Es war kein kleiner Stand und es gab 'zig unterschiedliche Angebote.

Eine junge Frau kam auf ihn zu. Sie trug verschiedene Stoffe und Garne mit sich, die sie sich augenscheinlich bereits ausgesucht hatte. Aber sie hatte offenbar noch ein paar Fragen. Dann kam die Frage nach dem Preis. Er kannte alle Preis auswendig und als die Beratung dem Ende zuging, meinte er: „Alles zusammen vierunddreißig fünfundneunzig."

Die junge Frau stutzte. Sie zückte ihr Smartphone, tippte darauf herum und meinte dann: „Mmhm, ja, können Sie auch gleich kassieren?" Der Mann schüttelte den Kopf. „Ich habe hier keine Kasse, da müssen sie rüber zu meiner Frau gehen" und deutete auf die andere Seite des Standes, wo seine Frau gerade eine andere Kundin beriet.

Leicht erschöpft setzte er sich auf seinen Stuhl. Offenbar hatte er bemerkt, dass ich das Gespräch verfolgt hatte. Ich stand ja direkt daneben. „Also die jungen Frauen heutzutage", seufzte er, „was die alles mit dem Handy machen. Ich brauch das Ding nur zum Telefonieren, oder Mal ein Foto, wenn es schnell gehen muss." Ich verstand ihn. Er hatte alles wie selbstverständlich im Kopf ausgerechnet und diese junge Frau hatte es offenbar nicht geglaubt und hatte per Handytaschenrechner alles kontrolliert. Da kann ein Kopfrechner nur noch den Kopf schütteln. Dann kam mein unvermeidlicher Spruch: „Ich brauch so was auch nicht. Mein Handy hat noch Knöppe."

Wir verstanden uns. „Jede zweite von den Jugendlichen hat ständig Ohrhörer in den Ohren", ergänzte ich. Er schaute mich groß an und lächelte dann. „Kann mir nicht passieren." Damit deutete er auf sein Innenohr. Eine kleine durchsichtige Muschel konnte ich dort erkennen. „Da passt nichts mehr rein." Wir mussten beide herzlich lachen.

Irgendwie wie ist die „Handmade" doch nicht nur was für Frauen. Es müssen nur die richtigen Kerle dabei sein: Weil ja nun mal, hinter einer erfolgreichen Frau steht ja nun mal, ein starker Mann. Ich meine eine richtig starker.

Friday for Future

Jeden Freitag ist Demonstration. Ich meine jeden Freitag ziehen die Gören ihren Lehrern 'ne lange Nase und anschließend in die Innenstadt, damit der Dreck aufhört. „Friday for Future" nennen sie diese Aktion. Kommt wohl aus Schweden und war auch schon mal im Fernsehen.

Ich sage zu meiner Tochter: Du gehst mir da nicht hin. Du hast schließlich Schule und schwänzen kommt schon gar nicht in Frage. Sie vermeidet das inzwischen übliche ‚Fick Dich' und dreht den Spieß um: „Du fährst mich da jetzt hin und holst mich wieder ab, dann bin ich nur in Mathe weg und Du schreibst eine Entschuldigung."

Ich bin so verblüfft, dass ich gar nichts mehr sage. Punkt dreiviertel zwölf bin ich an der Schule und um punkt Zwölf am Schloß.

Das habe ich dreimal gemacht. Beim vierten Mal denke ich, guckst doch mal, was die da machen. Ich habe mit Demonstrieren so gar nichts am Hut.

Tatsächlich habe ich Glück und am Staatstheater gibt es noch einen Parkplatz. Das Grüppchen ist überschaubar. Ich bleibe ein bisschen auf Distanz, damit meine Tochter nicht denkt, sie wird kontrolliert. Doch dann traue ich meinen Augen nicht. Direkt hinter den Schülern steht unser Nachbar, Opa Gehrke. Opa Gehrke ist schon fast achtzig und langsam macht ihm das Treppensteigen Probleme. „Die Pumpe, weist 'e." Ich weiß, aber was macht Opa Gehrke ausgerechnet hier auf der Schülerdemo? Seine Kinder sind schon zu alt und wohnen auch nicht mehr hier und Enkel hat er keine.

Ich gehe langsam näher, hinten an den Seite vorbei, damit meine Tochter ... Ihr wisst schon. Dann stelle ich mich zu ihm: „Was machst Du denn hier? Passt du auf?" Er dreht sich um und schaut mich an.

Dann zeigt er auf ein Schild, das er sich auf den Parka geheftet hat und zeigt mit dem Finger drauf. Dann strahlt er über das ganze Gesicht.

Friday for Stella
erwartet am
* 23. April 2019

„Meine Enkelin, unsere erste, in vierzehn Tagen ist es soweit. Toll die jungen Leute. Ich komme jeden Freitag." Ich verstehe. Opa Gehrke meint es ernst. Der weiß warum er hier steht.

Meine Tochter sagt zu Hause: „Wieso, Opa Gehrke hat's begriffen. Du solltest auch mitmachen." Mir verschlägt 's mal wieder die Sprache.

Ich hab jetzt auch so ein Schild. Da steht der Name meiner Tochter drauf. Das ist ihr zwar peinlich aber ich weiß warum er da steht und wenn Opa Gehrke mal nicht gut zu Fuß ist, nehmen wir ihn mit und die Entschuldigung für die Schule habe ich gleich bis 2022 kopiert und ausgedruckt. Muss ich nur noch unterschreiben.

Karlchen

Zum Schluss noch was von Karlchen. Den haben wir ja oben schon kennengelernt. Der einzige Dackel im östlichen Ringgebiet weit und breit. Karlchen hat so seine Macken, nein, er ist eigensinnig und er ist eben ein Dackel. Wer mal einen Dackel hatte, der weiß wie eigensinnig Dackel sein können, ich hatte mal einen.

Karlchen geht natürlich gerne Gassi, auch wenn das heute nicht mehr so einfach ist wie früher. Früher da durfte Karlchen überall. Heute bewaffnet sich Holger erst mit einem schwarzen Tütchen und dann geht er eine feste Runde, die verschiedene Vorgärten meidet. Der Holger hat damit keine Problem aber Karlchen. Karlchen geht nun mal der Nase nach und er hebt eben auch das Beinchen der Nase nach und wie gesagt, Karlchen ist eigensinnig.

An der Kreuzung Wilhelm-Bode-Straße zur Roonstraße weigert er sich am Blumenladen über die Straße zu gehen. Er geht immer links, weil da jeweils auf der Ecke ein Baum steht. Holger muss also dreimal über die Straße gehen, wenn er in den Park will. Seit dem geht der Holger über die Jasperallee Gassi. Das ist ebenso gut und für Karlchen ist das in Ordnung. Da gibt es so viele Bäume, dass er manchmal mit beiden Beinen gleichzeitig in der Luft steht, ich meine beim Beinchen heben.

Das ging über viele, viele Monate gut bis, ja bis das Karlchen mit Holger zur Jasperallee kam und keine Bäume mehr da waren. Das rührte sich das Karlchen keinen Millimeter mehr. Holger sagte: „Du, der ist stehen geblieben wie zur Salzsäule erstarrt. Da denkt man Hunde können schlecht sehen und nur gut riechen. Nein, Karlchen kann beides gut und der hat sofort gesehen, dass da was nicht stimmte und dass sein Lieblingsbaum nicht mehr da war. Dann ist er ganz langsam ran und hat an der Stelle geschnüffelt an der sein Lieblingsbaum früher gestanden war und hat sich nicht vom Fleck gerührt. Seine Schnauze hat richtig gezittert. Da halfen kein Ziehen an der Leine und kein gutes Zureden. Dann habe ich versucht ihn hochzuheben und wegzutragen aber das wollte er nicht zulassen.“ Holger ist sonst nicht so leicht aus der Ruhe zu bringen aber es war ihm anzumerken, dass ihm das mächtig zu schaffen gemacht hatte. „Erst nach einer halben Stunde konnte ich ihn hochnehmen und in den Park tragen. Wir mussten ja schließlich unser Geschäftchen machen.“ Holger seufzte: „Weißt Du, dass er sich dabei immer wieder unter den Büschen versteckt hat? Das glaubt man nicht. Das

Dumme ist nur, dass ich da immer hinterher musste, Du weißt, die Hinterlassenschaften entfernen." Ich wusste, ich hatte ja selber mal einen Dackel.

Seit dem gehen Holger und Karlchen wieder die andere Strecke zum Park, nicht mehr über die Jasperallee. Der Holger geht auch brav rüber zum ersten Baum und dann rüber zum zweiten und dann über die dritte Straße. Hauptsache Karlchen muss nicht mehr die fehlenden Bäume angucken. Obwohl – seit einigen Tagen stehen jetzt neue Bäume da und vielleicht kann sich Karlchen ja eines Tages damit anfreunden.

Kleingartenverein e. V.

Die Laube habe ich vor vielen Jahren von meinem alten Herrn übernommen. Für ihn war sie immer der Ort der Erholung. Manchmal, wenn er von der Schicht kam fuhr er direkt hierhin. Er fuhr nie zu den Kumpeln in die Kneipe, höchstens freitags. Nein, an bestimmten Tagen fuhr er in die Kolonie. Da blieb er dann eine Stunde um zu „Krosen", wie er es nannte.

Das brauchte er und wenn er dann heimkam, brachte er auch was mit. Tomaten oder Karotten, Kohlrabi oder einen Kürbis. ‚Vatter‘ war der größte, wenn es um die Kürbisse ging. Nicht weil es so riesige Dinger waren, nein sie waren nur so mittel. Aber sie schmeckten fantastisch und er gab immer ab. Nur einmal kam er nach Hause und war völlig niedergeschlagen. Da hatten sie ihm Kürbisse geklaut, aus ‘m Garten. Wer macht denn so was? Kürbisse aus ‘m Kleingarten klauen?

Hier im Kleingartenverein kennt man sich. Claudia und Bernd haben den Garten neben uns. Familie Reimann das alte Holzhäuschen gegenüber und auch der Murat hat inzwischen Freude am Kleingarten gefunden. Jedes Jahr kämpft er für Paprika, Zucchini und Chilischoten. Seine Zucchini sind grandios, seine Paprika, na ja und seine Chilischoten... Es sind die kleinsten Chilischoten der Welt, aber der Murat gibt nicht auf.

Der Michi hat die kleine Gaststätte. Die liegt am anderen Ende unten am Waldrand und hat eine kleine Wiese. Tatsächlich sind es zwei Parzellen also etwas größer als die übrigen Kleingärten, so dass die Gäste alle draußen sitzen können. Der Michi kommt meist abends, bringt Bier mit und Frikadellen, wenn Gertrud welche gemacht hat. Manchmal auch Salat, wenn Gertrud welchen gemacht hat. So weiß man immer, wenn man abends Hunger hat, wo man hingehen kann.

Der Bollmann ist Handelsvertreter für eine Brauerei. Der besucht alle Kneipen und Restaurants in der Umgebung und er weiß natürlich auch, wo es günstig andere Sachen gibt. Die bringt er dem Michi mit. Der Bollmann hat auch den Garten gleich neben dem Michi, das ist praktisch und der Bollmann hat keinen Zaun und macht auch nur Wiese, das ist ebenfalls praktisch für den Michi und seine Gäste.

Die alte Frau Struwe ist Witwe. Sie kommt aber immer noch. Seit ihr Heinz tot ist, ist ihr Garten ihr ein und alles und die Kuchen. Wenn ihre Kinder zu Besuch kommen, backt sie Kuchen für die Enkel und wenn ihre Kinder nicht zu Besuch kommen backt sie Kuchen für Michi, d.h. für uns alle. Wer also ein Stück Kuchen möchte, geht zum Michi.

Der Rudi ist auch inzwischen allein. Früher war er mit seiner Eveline jeden Freitag, Samstag und Sonntag da. Damals war er noch der Vereinsvorsitzende. Aber das hat er abgegeben vor zwei Jahren, als seine Eveline starb. Es ging einfach nicht mehr. Den Vereinsvorsitz macht jetzt der Bollmann. Der kann am besten verhandeln.

Die Witwe Häberlein ist auch allein. Sie hat den schönsten Kleingarten überhaupt. Seit der Karl nicht mehr da ist, hat sie den Garten vollkommen umgestaltet. Der Karl hat noch Kohlrabi gepflanzt und Mohrrüben. Sie hat alles umgestaltet.

Sie ist eine wahre Künstlerin. Rund um die Parzelle steht ein weißer Staketenzaun. Jede Latte hat sie einzeln mit blauen Ornamenten und Blumen bemalt. Das Häuschen ist inzwischen ebenfalls weiß und die Wände haben ebenfalls diese schönen Ornamente. Die Fensterrahmen hat sie neu setzen lassen in blau und am Eingang hängt eine weiße Laterne, so eine alte, geschmiedete. Und dann ist alles voller Blumen. Rosen, Rosen überall und sie selber sitzt mitten drin und malt, im Garten, im Sommer.

Dann sind da noch Erika und Klaus und die Rasehorns, Jutta und Erich. Erika und Klaus haben auch inzwischen Enkel. Für die ist das kleine Schwimmbad, so ein aufblasbares Gummiding, das in regelmäßigen Abständen irgendwo platzt.

Jutta und Erich sind eigentlich unsere Klassiker. Gemüse für die eigene Küche. ....

Unser Verein ist natürlich viel größer, aber viele Lauben stehen leer. Die Leute sind weggegangen oder gestorben und die jungen Leute interessieren sich nicht so dafür. Ich glaube, die wissen nicht, was ihnen entgeht.

Wären wir ein Sportverein, dann könnte man sagen, wir haben Nachwuchssorgen. Und das Neubaugebiet rückt immer näher.

Calvados

Im August ist Gartenparty, einmal im Jahr. Wir machen das so richtig fein. Es gibt einen Umzug auf dem alle Gärten begutachtet werden und der schönste bekommt einen Preis. Der Preis ist meist eine Torte. Die backt die Witwe Struwe und der Bollman stiftet noch eine Flasche Wein dazu. Der Wein ist von Aldi aber das ist in Ordnung. Da der Bollmann noch nie gewonnen hat, muss er ihn ja auch nicht selbst trinken.

Nach der Preisverleihung geht's dann zum Michi. Jeder bringt was mit aber das Bier wird bei Michi gekauft, das ist Ehrensache.

Beim letzten Mal konnte ich nicht dabei sein, weil Muttern krank war und ich sie im Wohnheim besuchen musste. Aber ich habe Michi eine feine Flasche Calvados mitgebracht und meinte: „Wenn Schluss ist, dann gibt's Du jedem einen ‚Kleinen' für den Heimweg".

Als wir uns zwei Wochen später wiedersahen, stand die Flasche Calvados immer noch unberührt da. „Ging nicht", meinte Michi. „Der Bollmann hatte einen Zwölfjährigen spendiert. Was ganz Feines, Du weißt ja."

Ja ich wusste. Der Bollmann sitzt an der Quelle aber das ist eigentlich gut für uns, denn der Bollmann lässt sich nicht lumpen.

„Weißte was", sagte ich zum Michi. „Die heben wir uns auf." „Das trinken wir auf unsere Eintracht", meinte der Michi sofort. Mir schwante Übles. Ich hab's nicht so mit Alkohol. Außerdem hatte die Eintracht Greuther Fürth gerade mit 3:0 eingetütet. „Klar", meinte ich. „Immer wenn die Eintracht verliert – dann ist die Flasche nicht so schnell alle." Ich wollte vorbauen.

Alle wissen, wie die Saison endete, Abstieg in die dritte Liga. Alle wissen also auch, wie das mit der Flasche endete. Aber der Calvados war große Klasse. Seit dem hat der Michi immer eine Flasche Calvados da – obwohl, wir haben's beide nicht so mit dem Alkohol.

Der Einohrige

Der Schrebergarten auf der anderen Seite neben meinem liegt seit langem brach. Irgendwie wollte keiner so recht. Gar kein schlechter Garten. Das Häuschen bräuchte mal wieder einen Anstrich und das Dach braucht ein paar neue Ziegel. Es kann schließlich niemand erwarten, dass er im Kleingarten eine frisch renovierte Altbauvilla bekommt. Na, auf alle Fälle wucherten die Büsche seit Monaten wild vor sich hin, so dass von den Beeten bald nichts mehr zu sehen war. Der kleine Rasen sah aus wie die wilde Prärie und die Sandkiste, in der bis vor zwei Jahren Edwins Enkel gespielt hatten, glich mehr einem Moorschwimmbad.

Eines Samstagnachmittags bin ich dann rüber, mal ausmisten. So zu gewuchert, will ihn ja keiner haben und als Kassenwart hat man ja auch 'ne gewisse Verantwortung.

Der Busch auf der Ecke gleich am Eingang war vom Wind niedergedrückt. Die Zweige lagen auf dem Weg und der Rest des Beetes war mit Blättern und Unkraut überwuchert. Zwei kräftige Schnitte und der

Weg war erst einmal wieder frei. Ich richtete den Busch auf so gut es ging. Dann zog ich mit der Harke das Unkraut drum herum heraus und nahm die vielen Blätter vom letzten Herbst mit der Hand auf.

Als ich mich zum zweiten Mal bückte, fiel mein Blick auf einen weißen Stein. Ich wischte die Blätter mit dem Handschuh fort und erkannte, dass dies nicht einfach ein Stein war, sondern es kam eine Figur zum Vorschein. Sie war ca. 40 cm hoch und richtig schwer. Nachdem ich sie von Laub und Erde befreit hatte, hob ich sie hoch und hielt einen weißen Hasen in der Hand. Er stand auf einem weißen Sockel, hatte die Ohren hochgestellt und hob wie zum Gruß eine Pfote. Allerdings fehlte ihm das linke Ohr. Es war auch nirgendwo anders zu finden.

Als ich mit den Aufräumarbeiten fertig war, nahm ich den Hasen mit nach Hause. Ich machte ihn sauber und schaute ihn mir genau an. Ursprünglich war er vermutlich gar nicht als Gartenskulptur gedacht gewesen, aber ich fand, dass er sich hierfür prächtig eignete. Nachdem ich ihn gereinigt hatte, betrachtete ich den Sockel von unten. Dort war der Rest einer Aufschrift zu finden: „ … ag 1942." ‚Nicht schlecht', dachte ich. ‚Der hat was mitgemacht'.

Einige Tage später brachte ich den Hasen wieder zurück und stellte ihn direkt neben den Eingang zum Garten wieder in das Beet. So sah es aus, als würde er die Leute, die hereinkamen, begrüßen.

Vier Wochen später hatte der Garten einen neuen Besitzer. Sie hatten zwei Kinder und diese waren begeistert, dass ein Hase sie begrüßte, jedes Mal wenn sie hinkamen. Natürlich hat er inzwischen auch einen Namen, Rudolf.

Ich habe niemandem erzählt, dass er von 1942 ist und es scheint auch niemandem aufgefallen zu sein, dass er zum Gruß die rechte Pfote hebt. Muss ja auch nicht. Ich sage mir: „Der Hase kann ja nichts dafür".

180° Drehung

Wenn man am Vormittag in die Gartenkolonie kommt und das unter der Woche, ist man dort meist allein. Es sei denn, der Rudi ist da. Der Rudi ist deshalb so früh da, weil er gelegentlich mal in seinem Häuschen übernachtet. Laut Vereinsordnung darf man das zwar nicht, aber bei Rudi drücken alle ein Auge zu.

Rudi kann nicht anders. Seit seine Evelyn tot ist, ist der Rudi allein und seit er allein ist, läuft das alles nicht mehr so. Und dann kommt es manchmal vor, dass der Rudi die Zeit vergisst und noch im Beet hockt, wenn wir alle längst zu Hause sind. Wenn es dann dunkel ist, dann schafft der Rudi den Weg allein nach Hause nicht mehr. Sein Fahrrad hat kein Licht und es sind fast vier Kilometer. Früher war das ein Klacks aber seit die Evelyn nicht mehr da ist ... Außerdem ist der Rudi sechsundachtzig und da sagt keiner was.

Ich wollte nach meinen Jostabeeren schauen. Der Strauch war beim letzten Sturm umgeknickt und brauchte eine Stütze, außerdem war das Außenwasser noch nicht abgestellt und wir hatten schon November. Es war ein wirklich schöner Novembermorgen. Die Luft war klar, die Sonne lag auf den Dächern der kleinen Häuschen.

Von der Zufahrt zu unserem Verein her, waren Autogeräusche zu hören. Das allein ist nichts Besonderes, denn wir haben oben am Eingang einen kleinen Parkplatz für Mitglieder. Aber diese Geräusche waren irgendwie anders und wie gesagt, es kam unter der Woche um diese Uhrzeit nie jemand in die Kolonie.

Ich blickte auf und traute meinen Augen nicht. Ein Verkehrsbus, wie er herkömmlich unten an der Haltestelle hält, fuhr mit hoher Geschwindigkeit von der Einfahrt her in den ersten Weg hinein, nahm noch mit viel Schwung am unteren Ende die Kurve und blieb dann am nächsten Querweg stecken.

Wenn jemand weiß, wie eng die Wege in einem Kleingartenverein sind, dann kann er verstehen, dass ich vor Verblüffung kaum den Mund zu bekam.

,Irgendetwas stimmt da nicht', dachte ich bei mir, steckte meinen Spaten in die Erde und trotte los. Ich hatte keine Eile. Der Bus dahinten konnte sowieso nicht weg, das war klar und wenn er geklaut war, dann wäre es ausreichend, wenn ich den Bus fand und nicht den Fahrer.

Nichtsdestotrotz vernahm ich Rangiergeräusche. Der Fahrer versuchte ganz offensichtlich aus seiner Situation wieder herauszukommen. Jetzt erkannte ich auch den weiteren Grund, warum mich die Motorgeräusche vorhin stutzig gemacht hatten. Das war kein herkömmlicher Motor. Der Bus hatte einen Elektroantrieb und der ist, wenn man mit einem Bus allein in einer Gartenkolonie ist, keineswegs so geräuschlos, wie hinlänglich behauptet wird.

Während ich näher kam, erkannte ich auch, dass der Bus nagelneu war und das Kennzeichen war nicht aus Braunschweig. Ich überlegte noch, wie der Fahrer es anstellen wollte, hier wieder raus zu kommen, da stand plötzlich Rudi vorne auf dem Weg und lief schnurstracks zum Fahrer hin.

Als ich um die Ecke bog, sah ich, dass der Fahrer die eine Scheibe runtergefahren hatte und Rudi rief hinein: „Warst'e beim Bund?" Ich konnte zwar nicht hören, was der Fahrer äußerte, aber ich hörte Rudi: „Alles klar." Dann lief er vor den Wagen und begann zu winken: Vor, zurück, links, rechts.

Der Bus setzte sich wieder in Bewegung. Erst ein Stück nach vorne, dann wurde er etwas gerichtet und dann ging es rückwärts. Rudi war in seinem Element. Präzise wie eine automatische Signalanlage der Deutschen Bundesbahn. Die erste Kurve, von außen angefahren und sauber nach innen gezogen und gleich darauf die zweite, die viel schwieriger war, weil der Aushänger, den die Witwe Häberlein an ihrem Tor angebracht hatte, ja nicht beschädigt werden sollte. Solche Aushänger sind zwar laut Vereinsordnung nicht erlaubt aber bei der Witwe Häberlein machen wir eine Ausnahme weil ... aber das würde jetzt zu weit führen.

Auch die zweite Kurve meisterte Rudi mit Bravour und ähnlich meisterte sie der der junge Fahrer. Dann ging es den langen Weg zur Einfahrt zurück, alles rückwärts. Am Ende das Weges war aber noch nicht alles geschafft, denn auch die Zufahrt war eng und an der Ecke zu Straße wartete ein Elektrokasten, der im Winter, bei Eisglätte schon so manches vorschnelles Vereinsmitglied „aufgefangen" hatte. Auch hier musste der Bus noch herumgeleitet werden.

Der Busfahrer bedankte sich mit lautem Hupen, als er wieder zurück auf die Hauptstraße steuerte. „Diese Scheiß Navis!" meinte Rudi verächtlich. „Eine zu spät abgebogen. Der wollte zu Fahrschule, den Bus übergeben." Ich blickte hinüber in die Richtung, wo bei uns die Fahrschule für Busse ist. So gesehen fand ich die Leistung des Navis gar nicht so schlecht, immerhin in Sichtweite.

„Haste klasse gemacht", sagte ich zu Rudi. „Alleine wäre der arme Kerl hier nie rausgekommen." Gelernt ist gelernt", antwortete er. „Wenn's drauf ankommt, krieg ich mit dem auch 'ne 180° Drehung hin." Dabei deute er auf die Kurve in der der Bus vor wenigen Minuten noch gesteckt hatte. Dann wurde der Rudi plötzlich ganz still und ich wusste was er dachte. ‚Wenn das meine Evelyn noch mitbekommen hätte', dachte der Rudi. Dann drehte er sich ohne ein Wort um, ging er zu seiner Laube und holte sein Fahrrad.

Alle Vögel

Der Bernd ist unser „Allroundgenie". Nee ehrlich, wann immer was kaputt gegangen ist, brauchst Du keinen Handwerker. Du gehst zu Bernd rüber und der Bernd bringt es wieder in Ordnung. Der Bernd ist halt noch wie früher, der kann noch reparieren und nicht nur kaufen und wegwerfen.

Der Bernd hat hinten im Schuppen eine kleine Werkstatt mit Werkbank und allem Drum und Dran. Sogar eine Schleifmaschine hat er dort drin. Wenn keiner was sagt, schleift er schon mal sonntags morgens, aber nie vor zehn. Laut Vereinssatzung ist das natürlich nicht erlaubt, aber es sagt keiner was. Denn, mit was auch immer man zum Bernd kommt, er kriegt das wieder hin, sei es ein kaputter Spaten oder sei es die durchgebrannte Kaffeemaschine von Oma Reimann. Ja, auch „Elektrokrams" hat der Bernd in seiner Werkstatt.

Vier Wochen vor Weihnachten, er hat ja den Garten neben meinem, sehe ich wie der Bernd da was Neues aufbaut. Er hat so eine kleine Werkbank auf Rollen und das Wetter war schön, also baute der Bernd draußen. Manchmal gehe ich rüber und wir plaudern. Ich also rüber. „Ist für einen Freund von uns", meinte der Bernd, ohne dass ich ihn gefragt habe. Außer einer großen Holzplatte ist noch nicht viel zu erkennen. „Der hatte sich doch für den nächsten Winter ein Vogelhaus gewünscht", meint der Bernd und beginnt an allen vier Ecken Löcher in die Platte zu bohren. „Ist ja schon Winter."

Wenn der Bernd so richtig zu Gange ist, lässt man ihn am Besten in Ruhe. Ich lasse den Bernd also in Ruhe und gehe wieder zurück. Dennoch, Vogelhaus? Ich bin leicht verwirrt. Das was der Bernd dort angelegt hat, ist eher die Grundplatte für eine Hundehütte und nicht für ein Vogelhaus. Ich meine eine Hundehütte für einen Bernhardiner. Aber wie ich schon sagte, den Bernd lässt man am besten in Ruhe, wenn er zu Gange ist.

Eine Woche später bin ich wieder beim Bernd. Eintracht hatte wieder verloren und ich kam gerade vom Michi und weil es so traurig gewesen war, waren es ausnahmsweise zwei Calvados geworden und ein Bierchen. Der Michi und ich wir haben sonst nix mit Alkohol aber das hatten wir ja schon.

Als ich um die Ecke komme, traue ich meinen Augen nicht. Vor dem Bernd seiner Werkstatt steht die Werkbank und darauf ein Haus, das einem Gulfhof in der Heide zur Ehre gereicht hätte. Ich kann's nicht lassen: „Dafür brauchst Du aber 'ne Baugenehmigung", nehme ich ihn auf den Arm. Aber der Bernd ist wie immer. Er lässt sich nicht beirren. „Da kommt jetzt noch Teerpappe drauf und dann habe ich Reet besorgt, damit es auch richtig aussieht." Ich muss nicht sagen, dass er sogar ein Hannoveraner Kreuz geschnitzt hat und an die Stirnseite seines Gulfhofs angebracht hat.

„Mmh", sage ich. Ich bin beeindruckt. Vielleicht ist es aber auch der Calvados. „Du musst aber drauf achten, dass da die großen Vögel nicht reinfliegen." Er schaut mich fragend an. „Die großen vertreiben die kleinen", fahre ich fort. Du willst doch nicht die Tauben und Elstern anlocken sondern die kleinen, die Singvögel. Jetzt macht Bernd „Mmh." „Und sie brauchen was zum Andocken." Der Bernd schaut mich wieder verständnislos an. Ich erkläre ihm, dass ein Vogel gerne auf einem Zeig sitzt, von dem er aus sein ‚dunkles' Ziel erst einmal beäugen kann, bevor er hineinfliegt. „Kapiert!", meint der Bernd und setzt sofort den Bohrer an, um einen Stift vor dem Eingang des Hauses anzubringen, auf dem die Vögel landen können.

Mir fällt noch auf, dass sein Haus einen hochgezogenen, geschlossenen Rand hat. „Du musst auch den

Rand öffnen, sonst kann man es nicht sauber machen." Der Bernd zieht eine Augenbraue hoch und ich denke, dass es jetzt besser ist zu gehen.

Eine Woche später winkt mich der Bernd ganz stolz zu sich herüber. Ich weiß nicht mehr ob ich vorher wieder beim Michi war aber mir blieb einmal mehr die Spucke weg. Der Gulfhof war jetzt reetgedeckt, an den Seiten waren mehrere Stifte eingesetzt und der Rand war an mehreren Stellen sauber ausgesägt. Aber das war noch nicht alles. Er war gestrichen wie eine richtige Fachwerkscheune und zur Stabilisierung war er rund um mit Kupferleisten beschlagen. Ein wahres Prachtstück und der Bernd lächelt glücklich. Im Angesicht dieses Lächelns versagte ich mir jeglichen Kommentar. „Toll", ich staunte wirklich. Aus diesem Bau hätte auch der stärkste Bernhardinerrüde nicht ausbrechen können. Wir reden wiegesagt von einem Vogelhaus.

„Kannst'e mir helfen?" Der Bernd hatte plötzlich seinen treuen Dackelblick drauf. Ich: „Mmh, klar." Ich ahnte was, wusste aber eben nicht was. „Muss auf den Hänger", meinte der Bernd und mir war sofort klar, dass er es mit seinem Autoanhänger transportieren wollte. Das muss man dem Bernd lassen. Wenn mal einer von uns so ein Problem hat, dann hilft der Bernd immer und transportiert die Sachen und wenn es sein muss bis zur Oma nach Polen. Nur für den Murat in die Türkei, das hat der Bernd noch nicht gemacht aber der Murat hat ihn auch noch nicht gefragt.

Der Bernd holte die Schubkarre. Dann fasste ich auf der einen Seite an und der Bernd auf der anderen Seite.

Es rührte sich nichts. Ich blickte zu ihm rüber aber der Bernd war so konzentriert, dass er es nicht merkte. Zweiter Versuch. Wir wussten ja jetzt, was da auf uns zukam. Die Platte bewegte sich etwas und wir konnten sie an den Rand der Werkbank bugsieren. Jetzt wurde es ernst. Ich übernahm das Kommando und zählte laut. Auf „Drei" brüllten zwei Endfünfziger ihren lautesten Brunftschrei durch unsere Kleingartenkolonie. Dann schwebte für wenige Sekunden der prächtigste Gulfhof von Niedersachsen durch die Luft und senkte sich mit Wucht auf Bernds Schubkarre nieder. Der Reifen von Bernds Schubkarre zischte und stieß seine Luft aus.

„Alles Top Qualität", meinte Bernd und zeigte mit Daumen und Zeigefinger wie dick die Holzplatten waren, die er verarbeitet hatte. „Die Bodenplatte ist doppelt", ergänzte er.

Spätestens jetzt wäre mir die Luft weggeblieben, wenn sie nicht schon längst weggewesen wäre. Dieses „Prachtstück" wog mehr als eine Tonne!

Ich tat vollkommen ungerührt und meinte nur: "Wohin?" Der Bernd deutet zum Parkplatz hoch und wir begannen zu schieben. Als wir oben angekommen waren und vor dem Anhänger standen, hatte sich der Reifen von Bernds Schubkarre halb aufgelöst. Es schien Bernd nicht zu stören. Es gab sowieso kein Zurück. Diesmal schrieen wir uns das Kommando gegenseitig zu und dann schwebte die Platte mit dem Gulfhof auf den Anhänger in dem Bernd klugerweise zuvor eine Holzpalette untergelegt hatte.

Ohne zu fragen, half ich ihm den Anhänger an seinen Golf anzuschließen und ohne zu fragen stieg ich ein. Es war selbstverständlich, dass der Bernd sein Kunstwerk nicht würde allein transportieren können. Wir fuhren los und der Bernd summte fröhlich vor sich hin: „Alle Vögel sind schon da, alle Vögel alle." Glücklicherweise mussten wir nicht so weit. Der Freund wohnte in der Gartenstadt und hatte auch schon alles vorbereitet. Zwischen zwei Büschen stand ein sauber eingeschlagener Pfahl auf den das „Vogelhaus" aufgesetzt werden sollte.

Das „Junge, Junge, damit hab ich nicht gerechnet", nahm Bernd als Kompliment. Dann fassten wir zu dritt an und so ging es schon etwas leichter als bei den ersten Trageversuchen, die Bernd und ich hinter uns hatten. Der Freund und ich hielten das Vogelhaus jetzt fest, während Bernd darunter krabbelte und mit ein paar Holzleisten und langen Nägeln die Bodenplatte am darunter stehenden Pfahl stabilisierte.

Wir hatten es geschafft. Das uns ein Stein vom Herzen fiel, war daran zu hören, dass wir alle drei tief durchatmeten und uns das Prachtstück auf ein paar Meter Entfernung betrachteten.

Dann passierte das Unfassbare! Vielleicht lag es daran, dass die Mittagssonne den Boden aufgewärmt und damit etwas aufgeweicht hatte, immerhin wir hatte ja Mitte Dezember oder es lag daran, dass der sicherlich gut gespitzte Pfahl nicht so tief in der Erde gesteckt hatte, wie das vorbereitete Loch gewesen war, das der Freund gegraben hatte.

Wir trauten unseren Augen nicht. Langsam senkte sich das Haus nieder. Nahezu in Zeitlupe fuhr es wie auf einem Fahrstuhl hinab. Etwa einen halben Meter über dem Rasen blieb die Bodenplatte stehen.

Bernd wurde bleich. Sein Freund schaute ihn ungläubig an. Ich wusste nur, dass ich Bernd jetzt retten musste. „Toll", sagte ich. „Die kleinen Vögel lieben so etwas." Das war glatt gelogen, aber der Freund wagte nicht zu widersprechen. Vermutlich konnte er das gar nicht beurteilen.

Auf der Rückfahrt hatte ich das Gefühl, dass Bernd beinahe geweint hätte. Er hatte sich so viel Mühe gegeben und den weit und breit schönsten Gulfhof in Niedersachsen geschaffen und jetzt drohte dieser Gulfhof zu versinken. Als wir wieder an unsrer Kolonie ankamen, sagte er nur „Danke" und verschwand dann in seiner Laube. Ich musste erst einmal durchatmen und dachte mir, dass Michi für diese Fälle sicher noch was von unserem Calvados haben müsste.

Während ich zum ihm rüberging, summte es ständig in meinem Kopf: „Alle Vögel sind schon da, alle

Vögel alle." Als ich bei Michi ankam, war schon wieder alles in Ordnung.

Marderjagd

Ein Kleingarten ist keine Fußgängerzone. Er liegt zwar in der Stadt aber doch naturnah und vieles bei uns ist auch naturbelassen. Für die Bewässerung haben wir sogar einen Brunnen gebohrt und wer möchte, der kann sein Wasser zur Bewässerung auch selber pumpen. Die Häuschen sind sehr unterschiedlich, von der alten Holzlaube aus den Fünfzigern bis zum fein gemauerten Steinhaus mit Giebeldach ist alles dabei.

Erika und Klaus pflegen ihr Steinhaus. Das Dach haben sie neu machen lassen und auf der Giebelseite einen neuen Verschlag angebracht. Eines Tages kommt der Klaus zu mir rüber und fragt: „Sag mal, hast Du auch Probleme mit 'm Marder?" Mir ist natürlich klar, dass hier draußen fremdes Getier noch und nöcher kreucht. Ich sage immer, „Wer Angst vor Spinnen hat, der sollte sich keinen Kleingarten nehmen." Wobei hier draußen ist das auch mit den Spinnen anders. Die sind sowieso überall dazwischen und sie lassen einen ja auch in Ruhe. Aber ich verstehe, wenn meine Frau kreischend durchs Haus läuft, wenn so ein Vieh fett und schwarz in der weißen Badewanne sitzt.

Giebeldächer haben den Nachteil, dass da oben sich schnell mal was einnistet, was man vielleicht nicht haben will. Marder im Giebeldach sind unangenehm. Erstens, ich bitte um Entschuldigung, sie scheißen alles voll. Zweitens, sie bauen dort ihre Nester und ziehen dann ihre Jungen groß und drittens, die Jungen scheißen alles voll. Außerdem lassen sie die Reste ihrer Beute da oben liegen, tierische Beute, die dann verwest und stinkt. Also wenn Du den Marder hast, dann kannst Du eigentlich abreißen. Erika und Klaus hatten den Marder

Jetzt war guter Rat teuer. Rudi wollte den Marder ausräuchern, am besten vergasen. „Ja, dann geht er aber nur woanders hin und in sechs Wochen kommt er wieder." Bernd war da nicht so recht zu überzeugen. Die Witwe Struwe hatte noch eine alte Falle, 'ne richtig große, für Ratten. Murat meinte: „Das ist nicht mehr erlaubt, darfst Du nur mit einer Lebendfalle jagen." „Na und dann?" Erika hatte plötzlich Panik in den Augen. Bernd konnte es nicht lassen: „Den nimmst Du dann mit nach Hause und steckst ihn in den Käfig. Wenn Du es nicht tust, dann jagt er Kläuschens Goldfische." Klaus wurde ungehalten. „Kann man bitte mal ernsthaft bleiben?" grummelte er. Dann kam Erich, des sonst nicht viel sagt und mischte sich ein: „Also, Marder im Wohngebiet dürfen bejagt werden. Entweder Lebendfalle oder von einem Fachmann weidgerecht erlegen."

Wir hörten ihm fasziniert zu. Er erklärte die Einzelheiten. „Ich kenn das jemanden", schloss er, „den könnte ich mal anrufen".

Eine Woche später bin ich im Garten und binde meine Rosen hoch. Sie sind ganz schön geschossen und brauchen mehr Stabilität. Ich traute meinen Augen nicht. Da marschieren sie wie die Besatzungssoldaten quer durch die Kolonie. Klaus und Erika vorne weg. Eigentlich Erika vorneweg, der Blick so fest entschlossen als sei das Urteil schon vollstreckt und der Klaus hinterher. Dann der Erich, der Rudi, und Murat. Alle in einer Reihe hintereinander. Murat redet und gestikuliert in einer Tour. Das macht der Murat immer, wenn er sehr aufgeregt ist. Zum Schluss der Bernd und dann einer, den ich nicht kenne. Ein echter Grüner. Ich meine einer von denen mit grünem Hut, grüner Weste, grüner Hose und hohen Stiefeln und … ? Der Kerl hat allen Ernstes eine Flinte umhängen. Sie marschieren auf die Laube von Klaus und Erika zu.

Mich durchfährt es wie ein Blitz. Die wollen den Marder jagen! Zugegeben, Marder auf dem Dachboden ist sch..., aber angesichts dieses Aufgebotes, bekommt der Kerl meine ganze Sympathie. Ich denke nur: ‚Der will doch wohl nicht auf Erikas Dachboden rumballern?'

Jetzt verschwindet die Kohorte in Klaus und Erikas Garten. Den kann ich glücklicherweise von mir aus nicht einsehen. Ich binde also weiter meine Rosen hoch und drücke dem Marder heimlich die Daumen. Geht nicht beides, ich weiß. In Wahrheit, habe ich so getan, als ob ich die Rosen weiter hochbinde und habe nur dem Marder die Daumen gedrückt.

Endlose fünf Minuten vergehen. Dann kommt die Kohorte wieder zurück. Diesmal der Murat vorneweg, sichtlich erleichtert. Er redet auf den Bernd ein, wie auf ein lahmes Pferd. D.h. der Murat ist sowas von erleichtert. Dann kommen Rudi und Erich auch sichtlich entspannt und dann Erika, Klaus und der Grüne. Erika ist offenbar stinksauer. Klaus sagt keinen Ton und der Grüne erklärt wohl den Sachverhalt.

‚Gut gemacht kleiner Marder, rechtzeig ausgebüxt'. Ich bin echt froh.

In Wahrheit male ich mir aus, wie ein kleiner Marder bewaffnet mit einer Schrotflinte auf Klaus und Erikas Dachboden sitzt und wartet. Und dann öffnet sich die Dachbodenluke, und dann guckt da ein Grüner rein, und dann ...

Lebensretterin

Diese Geschichte ist für Anni. Dies ist auch der einzige Name, der echt ist. Warum das werdet ihr gleich verstehen.

Die Anni kommt zum Michi rein und ist vollkommen aufgelöst. „Sag mal, kannst Du Dir vorstellen, dass ich gestern Abend jemandem das Leben gerettet habe?" Der Michi schaut wie ein Auto im Wendekreis der Straßenbahn. „Ich bin immer noch so aufgeregt." Die Anni redet einfach weiter und der Michi versteht, dass da jemand echt was auf dem Herzen hat und setzt Anni erst einmal auf einen Stuhl. „Ich komm gerade von der Chorprobe, weißt Du, gestern Abend. Ich steige immer unten an der Haltestelle aus, da drüben, wo gegenüber auch der Bus hält." Der Michi nickt. Wir kennen alle diese Haltestelle.

„Da liegt da einer, mitten in der Haltestelle vor der Bank. – Ich denke erst, was ist denn mit dem? Es ist doch viel zu kalt. Weißt Du kein Penner oder so, sondern sehr gepflegt mit weißen Haaren. Der liegt da und rührt sich nicht. Als ich hingehe, kommt hinter dem Warthäuschen eine Frau hervor. Die ist vollkommen durch den Wind und sagt nur: „Das ist mein Mann, wir brauchen einen Defil… einen Defil…, aber ich kann das nicht".

Ich knie mich zu dem Mann, drehe ihn auf den Rücken und denke, das Beste wäre sicherlich ihn mal etwas zu drücken. Ich weiß auch nicht genau, warum ich das so gemacht habe aber ich habe immer wieder so auf seinen Brustkorb gedrückt. So, wie man das manchmal auch im Fernsehen sieht."

Anni muss eine Pause machen und Michi hat auf seine Kaffeemaschine gedrückt. Die Anni kriegt erst mal einen Kaffee. „Und dann kommt der Bus. Ich sofort zum Busfahrer. ‚Du musst einen Krankenwagen rufen!' Der Busfahrer versteht mich nicht. Er kann kein Deutsch. Ich bin verzweifelt aber ich sehe, dass der Busfahrer ein Handy hat. ‚Handy!' Ich zeige auf den Mann dort auf der Erde. Die alte Frau ruft von hinten: ‚Sie dürfen jetzt nicht aufhören.' Sie meint mich. Der Busfahrer reagiert. Ich bekomme sein Handy und wähle die 112. Dann springe ich gleich wieder zu dem Mann und massiere sein Herz. Diesmal etwas kräftiger. Und tatsächlich, er bewegt sich, er atmet er stöhnt. Drei Minuten später ist der Krankenwagen da." „Hat er überlebt?" Der Michi ist plötzlich so ganz nüchtern. Anni nickt: „Weißt Du zu Hause konnte ich es noch gar nicht so richtig erzählen. Robert lag schon im Bett und musste heute früh raus." „Das hast Du klasse gemacht", meint der Michi ganz trocken. „A la bonne heure!" Er meint damit: „Meine Hochachtung." Ich nicke: „Hast Du ganz, ganz toll gemacht."

„Meint ihr?" Anni ist immer noch verunsichert. „Hat denn niemand was gesagt?" will der Michi wissen. „Der Rettungssanitäter?" Anni schüttelt den Kopf. Da hat er ja wieder gelebt und die sind dann auch ganz schnell wieder weg gewesen." „... und die Ehefrau?" „Die ist gleich mitgefahren." Annis Blick geht ins Leere. „... und der Busfahrer?", werfe ich ein. Die Anni schaut mich an. „Der hat den Motor angelassen und die Tür zugemacht." Mir verschlägt es die Sprache. „Wahrscheinlich war ihm kalt." „... und es hat sich niemand bei Dir gemeldet?" Michi lässt nicht locker. Die Anni ist in Gedanken schon woanders: „Weißt Du, wenn ich nicht so viel Yoga machen würde, dann hätte ich das gar nicht geschafft. Bei den Übungen muss ich auch so lange knien."

Michi füllt Kaffee nach und ich denke: ‚Wenn der Robert mal wieder da ist, werde ich ihm erst einmal sagen, was er für eine tolle Frau hat'.

Jetzt wisst ihr, warum in dieser Geschichte der Name echt ist: „Anni, Du bist ganz, ganz toll und ich bin riesig stolz, dass ich dich kenne!"

Wochenmarkt

Jeden Freitag ist in Querum Wochenmarkt. Dienstags ist auch Wochenmarkt, aber da komme ich nicht hin. Es sind noch fünf Jahre bis zur Rente und so erlaube ich es mir nur freitags in der Früh, bevor die Rentner einfallen. Nur, meist sind die Rentner vor mir da. So ist das eben auf dem Wochenmarkt. Zu einen ist es Markt und zum anderen der Treffpunkt.

Hier kennt man sich, hier erkennt man sich wieder und hier fragt man sich, warum Einer oder Eine nicht wiedergekommen sind. ...

Somit das Schönste auf dem Wochenmarkt ist George. Schon von weitem hört man sein kleines Akkordeon. Nach kurzer Zeit fühlt man sich umfangen und summt die Melodien leise mit. In der Stadt an der Seine könnte es nicht angenehmer klingen, doch der George kommt nicht aus Frankreich, er kommt aus

Moldawien. Jeden Freitag sitzt er zwischen dem Markt und dem Eingang zum „Netto" und spielt. Es kann noch so kalt sein.

Die hätte ich auch geheiratet

Manchmal ist das Gedränge vor den einzelnen Ständen ziemlich groß. Von hinten kam eine ältere Dame heran und schubste mich: „Du wir brauchen noch Meerrettich und Steck ...". Dann stockte sie, schaute zu mir herauf und entschuldigte sich. „... Ach sie sehen aus wie mein Mann, dieselbe Jacke, hach ist mir das jetzt peinlich." Ihr Mann stand neben mir. Wir schauten uns an. „Emmi, ich bin hier", signalisierte er an mir vorbei. „ ... na und fasst dieselbe Größe", ich lächelte sie an. Er war einen Kopf größer als ich und trug auch eine andere Jacke. Meine Jacke ist rot.

„Ach wissen Sie", fuhr sie fort, „Das passiert mir immer wieder. Ich bin schon mal in ein falsches Auto gestiegen. Ich muss ja so aufpassen." Sie mochte weit über die siebzig sein aber ihre Offenheit war so entwaffnend. Ich musste wieder lächeln. „Da hat ihr Mann sie aber sicher gerettet", warf ich ein. „Ja, ja, sonst wäre ich da noch versehentlich mitgefahren."

Der Mann betrachtete uns beide. Er hätte genervt sein können aber er wartete geduldig.

„Wir sind schon 52 Jahre verheiratet", fuhr sie fort, „aber so was passiert mir in der letzten Zeit häufiger." Jetzt lächelte sie ganz verschmitzt.

Ihr Mann atmetet tief durch, bewahrte aber die Ruhe. Er war diese Art der Unterhaltung wohl inzwischen gewohnt.

Jetzt war ich an der Reihe und gab meine Bestellung ab. 2 Pfund Kartoffeln, eine Sellerieknolle, ein Bund Karotten, ein Kopfsalat. Die Marktverkäuferin reichte mir alles herüber und ich schob es in meine

Einkaufstasche. Die Frau neben mir hatte sich inzwischen in die andere Richtung entfernt. Ihr Mann packte ebenso wie ich seine Sachen ein und sah sich dann nach ihr um. Sie stand inzwischen am anderen Ende des Gemüsestandes und war dort in eine Unterhaltung mit einer anderen Frau vertieft.

Sein Blick ging suchend einher. Als er sie erspäht hatte, wirkte er sofort beruhigt. Er rief nach Ihr: „Emmi, wir haben alles!"

Für einen Augenblick standen wir nebeneinander und schauten in dieselbe Richtung. Er sagte nichts, aber seine Augen verrieten, was er dachte: ‚Es ist nicht leicht. Sie ist nicht mehr dieselbe'.

Mit einem Augenzwinkern hätte ich jetzt sagen können: „Ich habe auch so ein Exemplar zu Hause", was stimmte und womit ich gemeint hätte, dass Frauen nun mal gerne überall rumschauen, bei diesen vielen Angeboten. Der Wochenmarkt ist ja auch dafür da, aber ich wollte, dass er das Gefühl bekam, dass es gut war, was er machte, auch wenn es inzwischen vielleicht manchmal schwer war.

Ich sah ihn kurz an: „Tolle Frau, die hätte ich auch geheiratet".

Rollatorklau

Ein verdammt kalter Winter. Draußen war es minus acht Grad. Die Marktbeschicker hatten Heizlüfter aufgestellt und die Stände mit schweren, durchsichtigen Plastikfolien abgehängt. An einigen Ständen war es gar nicht so leicht den Eingang zu finden.

Einige ältere Besucher schoben ihre Rollatoren über das Pflaster, höchst vorsichtig, denn bei der Kälte konnte es leicht glatt sein.

An meinem Lieblingsgemüsestand herrschte Hochbetrieb. Innerhalb des Zeltes war nicht viel Platz, so dass eine ältere Dame ihren Rollator neben dem Eingang abstellte und sich nun behutsam hinter dem Plastikvorhang einreihte.

Wenn es voll ist, dauert es eine Weile. Das ist normal und niemand drängelt oder nimmt daran Anstoß. Ich stellte mir die Frage, ob die ältere Dame so lange ohne ihre Hilfe stehen konnte aber sie wurde alsbald bedient und ich hatte den Eindruck, dass es gut ging. Also schlängelte mich zurück zum Ausgang.

Ich schlug den Plastikvorhang zurück und war für einen Augenblick irritiert. Hatte die ältere Dame nicht ihren Rollator hier abgestellt? So hatte ich es zumindest wahrgenommen. Der Rollator war weg!

„Ach Du meine Güte", entfuhr es mir. Jetzt werden hier auf dem Markt schon am helllichten Tag die Rollatoren geklaut. Erst vor wenigen Tagen hatte ich eine solche Geschichte in der Zeitung gelesen. Auch Rollatoren sollen inzwischen in Osteuropa sehr beliebt sein.

Ich schaute mich um, da sah ich wie in einiger Entfernung ein alter Mann seinen Rollator vor sich her schob und zu dem Stand mit den Bonbons und dem Honig ging. Irgendwie hatte ich das Gefühl, dass dieser Rollator viel zu klein für ihn war und ich meinte auch zu erkennen, dass es der der älteren Dame von meinem Gemüsestand war. Schnell ging ich zu ihm hinüber.

Ich sprach ihn an: „Kann es sein, dass Sie den falschen Rollator haben?" Ich wollte ihn nicht provozieren oder erschrecken. Er sah mich unwillig an. „Was wollen Sie?" raunzte er mich an. Jetzt war ich ziemlich sicher, dass es nicht sein Rollator war. Im Netz vor ihm lag ein Damenschirm. „Der ist doch viel zu klein für sie", fuhr ich fort. „Das könn'se wohl sagen", gab er zurück. „So'n Scheißding. Ich ärgere mich jedes Mal wieder, dass ich mir den habe aufschwatzen lassen."

Ich musste innerlich grinsen. „Ne, ne", sagte ich. „Sie haben ihn verwechselt." Erst jetzt sah ich, dass in einiger Entfernung am Stand mit den Geflügelfleischwaren ein einsamer Rollator stand. „Ihrer steht dort hinten.“

Der alte Mann sah mich an, als hätte ich ihn beleidigt. „Könn'se das nicht gleich sagen?“ blaffte er mich an. „Da lassen 'se 'nen alten Mann den ganzen Weg laufen und sagen nicht Bescheid.“ Ich wäre beinahe vor Lachen geplatzt, aber ich blieb ernst. Vor dem Gemüsestand brach gerade großes Geschrei los. „Mein Rollator ist weg!“ Die ältere Dame von vorhin war vollkommen aufgelöst.

Jetzt erkannte auch mein Gegenüber, dass da etwas nicht stimmte. „Woll'n wir mal rüber gehen und schauen, was da los ist?“ meinte ich zu ihm. Er schaute mich fragend an. Dann deutete ich auf den Rollator, der einsam vor dem Stand mit dem Geflügelfleisch stand. „Da hinten, das ist ihr Rollator. Den müssen wir holen, bevor ihn jemand mitnimmt.“

Das überzeugte ihn und so zogen wir gemeinsam zurück zum Gemüsestand. Ich hörte, wie er vor sich hin brummte: „Das ist doch ein starkes Stück, jetzt klaun'se der Dame den Rollator schon am heller lichten Tag. Man, man, man.“

„Beinahe wäre er weg gewesen“, eröffnete ich das Gespräch, als wir am Gemüsestand ankamen. „Der junge Mann hier hat ihn gerade noch rechtzeitig gerettet.“ Dabei deutete ich auf den alten Mann neben mir.

Bevor es zu weiteren Irritationen kommen konnte, sprach ich ihn wieder an: „Kommen Sie, darüber. Wir müssen ihren Rollator holen.“ Zögernd ließ er den Rollator der älteren Dame los, steuerte dann aber zielstrebig auf den Stand mit dem Geflügelfleisch zu. Als er ihn erreichte, hatte er mich augenscheinlich schon wieder vergessen. Ich hörte nur wie er wieder vor sich hinmurmelte: „ ... dass ich mir den habe aufschwatzen lassen ... jetzt klaun'se schon am heller lichten Tag.“

7 — 1 — 2 — 5

Es gibt nicht viele Stände auf dem Wochenmarkt, die Kartenzahlung anbieten. Tatsächlich ist es nur der junge Italiener mit den Delikatessen. Der ist auf dem neuesten Stand.

Vor mir zückte ein älterer Herr seine Karte. Das Lesegerät wanderte auf den Tresen, die Karte wurde eingeschoben und die Tasten gedrückt. Da plötzlich stutzte er. „Jetzt habe ich doch die letzte Ziffer vergessen." Er grübelte. Inzwischen piepte das Gerät und der Verkäufer drückte auf „Abbruch". Zweiter Versuch. Er gab die Zahlen erneut ein. Diesmal alle vier aber diesmal meldete das Gerät: „Ungültig."

Entschuldigend wandte es sich zu mir. „Wissen Sie, wir haben die PIN gerade geändert, aus Sicherheitsgründen. Aber jetzt fehlt mir die letzte Ziffer." Die Schlange hinter mir wurde langsam unruhig. „Ich glaube, da muss ich mal meine Frau fragen."

Er drehte sich um und rief zum Blumenstand gegenüber: „Else, wie war noch mal meine neue Pin-Nummer?" „7 — 1 — 2 — 5!", rief Else zurück. „Ach Horst, dass Du Dir auch gar nichts merken kannst! … " Das ‚Gedächtnis wie ein Sieb' ging im allgemeinen Gemurmel unter. „7 — 1 — 2 — 5", brummte Horst gut vernehmbar vor sich hin, als er die Nummer erneut eingab. Diesmal klappte es mit der Zahlung. Das Gerät schnurrte und Horst bekam seine Tüte.

‚O.k. Horst, ich verspreche, dass ich Deine Nummer nicht öffentlich verbreite. Die oben zitierte Nummer ist natürlich frei erfunden. Aber Horst, nächstes Mal verdammt, da hältst Du die Klappe!'

Aale, Aale, Aale

Am schwersten hat es die Frau mit den Fischen. Das fängt schon morgens damit an, dass sie die Kisten mit den Fischen und dem Eis in den Wagen hieven muss, bevor sie alles auf der Auslage verteilen kann. Wenn sie dann hier ankommt, braucht sie sofort Strom für die Kühlung und für die Batterie, zum Wiederaufladen.

Auf der anderen Seite, freitags läuft das Geschäft gut, weil viele Leute für Freitag oder fürs Wochenende Fisch kaufen. Allerdings, die Rentner essen nicht mehr so viel Fisch und wenn, dann ist es manchmal nur ein Hering.

Heute waren mal wieder wahre Delikatessen im Angebot frischer Heilbutt, norwegische Fjordforelle, Rotbarsch und sogar Zander. Zander ist selten, weil es ja ein Süßwasserfisch ist und das Angebot ja eigentlich auf Meeresfische ausgerichtet ist. Die ältere Dame vor mir konnte sich nicht entscheiden. Da lag der frische Seelachs in seiner ganzen Pracht. Die Fischhändlerin zeigte mit dem Messer an: „So recht?" Damit meinte sie die Größe des Stückes, das sie für die Kundin abschneiden wollte. Die Kundin zögerte. Sie schüttelte mit dem Kopf. „Das ist zu viel, so viel schaffe ich nicht. – Sie wissen ja, seit ich alleine bin, kann ja nicht mehr so viel kochen." Die Fischhändlerin zeigte erneut an: „So, ein bisschen weniger. Wollen wir das Stück nehmen?" Die alte Dame zögerte wieder. Dann schüttelte sie erneut den Kopf. „Nein, nein, das ist mir zu viel. Das schaffe ich nicht."

Die Fischhändlerin zeigte erneut an. Diesmal sollte es nur noch ein kleiner Streifen Seelachs werden. Die alte Dame zauderte. Sie überlegte, sie rang mit sich. Dann seufzte sie. „Ich glaube, ich nehme heute gar keinen Fisch", meinte sie dann. „Das ist mir heute alles viel zu viel." Die Fischhändlerin war geduldig.

„Kann ich sonst noch was für sie tun?" fragte sie. „Ich glaube nicht", gab die alte Dame zurück. „Vielleicht komme ich nachher noch mal wieder. Jetzt gehe ich erst einmal Eier holen." Mit diesen Worten verschwand sie.

Ich schaute die Fischhändlerin an. Unsere Blicke trafen sich. Sie atmete tief durch und mir war klar, dass ihre Geduld ziemlich gefordert gewesen war. Ich betrachtete die Auslage und entschied mich für ein Stück Fjordforelle und wie jedes Mal, für zwei Matjesfilets. Als sie alles eingepackt hatte und das Geld kassiert hatte, brach es plötzlich aus ihr heraus. „Ich kann mich doch hier nicht herstellen und ,Aale, Aale, Aale!' brüllen, wir sind hier doch nicht in Hamburg."

Dann mussten wir beide lachen. Aber das wär's doch, wenn auf dem Querumer Wochenmarkt einer stehen würde und Aale, Aale, Aale brüllen würde und dazu macht dann George Musik.

Wunderbar

Man hätte annehmen können, sie seien ein frisch verliebtes Pärchen, so wie sie an den Stand mit den Kräutern und den Pilzen kamen. Von einem Liebespaar unterschied sie vielleicht ein wenig das Alter, obwohl auch bei den Älteren unter uns sich immer wieder zwei zusammenfinden, die dann gar nicht voneinander lassen können.

Sie führte ihn behutsam an der Hand und sprach dabei ganz leise, so als würde sie ihm beschreiben, wo sie sich soeben befanden und wohin sie gerade gingen. Und so war es auch. Der Mann der so geführt wurde, trug eine dunkle Brille. Die Gläser waren so schwarz, dass sie von außen wie undurchsichtig wirkten. An dem Einkaufswagen, den sie etwas abseits hatten stehen lassen, steckte ein weißer Stock.

An dem Stand reichte Sie ihm zunächst eine Schale mit Pilzen. Er hob sie hoch und roch daran. Dann nahm er ein paar in die Hand und fühlte behutsam ihre Festigkeit. Er nickte und seine Frau nickte ebenfalls der Verkäuferin zu. Die Schale wurde eingewickelt und die Frau führte die Hand des Mannes behutsam zu dem Behälter mit der Petersilie. Sie gab ihm zwei Bunde einen mit glatter Petersilie und einen mit krauser Petersilie. Auch hier fühlte er ganz behutsam und führte sie dann abwechselnd an die Nase. Dann hielt er einen von beiden seiner Frau hin, die wiederum der Verkäuferin diesen zeigte und den anderen Bund zurückstellte. Die Frau bezahlte, wies ihren Mann kurz an, an dieser Stelle zu warten, brachte die gekaufte Ware zu ihrem Einkaufswagen und kehrte geradewegs wieder zurück.

Sie nahm ihn wieder bei der Hand und sie gingen an einen Stand an dem verschiedene Obstsorten aufgebaut waren. Direkt vor einer Pyramide mit Birnen blieben sie stehen. Die Frau reichte ihm eine Birne. Er befühlte sie und hob sie dann ebenfalls an die Nase. Er nickte und die Frau sagte dem Verkäufer, wie viele sie wollte. Dann schob sie ihn etwas weiter vor eine Auslage mit Wassermelonen. Hier ertastete er sich die Früchte selber. Er nahm sie hoch, mit beiden Händen und schlug dann mit einer Hand leicht darauf. Dann legte er die Melone wieder zurück. Er ertastete sich die nächste, hob sie hoch und schlug wieder mit der Hand darauf und legte sie wieder zurück. Er tastete sich zu einer weiteren Melone. Diesmal schlug er zweimal darauf, so als wolle er ganz sicher gehen. Dann nickte er, legte sie wieder hin und hielt seine Hand darauf. Die Frau sagte zu dem Verkäufer: „Man kann es am Klang erkennen, ob sie schön reif sind." Der Verkäufer schaute sie an, nickte wie zur Bestätigung und reichte die Melone dann der Frau hinüber.

Sie liefen noch weitere Stationen an und es war immer der gleiche Vorgang. Sie reichte ihm die Ware und beschrieb sie hier und da und er wählte über den Geruch- oder Tastsinn aus. Die gesamte Zeit begleitete sie ihn wirklich behutsam und liebevoll über den Markt und man hatte das Gefühl, dass es weniger um den Einkauf als solchen ging, sondern um das gemeinsame Erleben, das so jeder auf seine Art entwickeln konnte.

Nach einiger Zeit kamen sie wieder an den Obststand zurück. Die Frau stellte ihren Mann direkt vor eine große Stiege mit rot - gelben Pfirsichen. Die flüsterte ihm etwas ins Ohr, so als habe sich ein kleines Geheimnis bis zum Schluss aufgehoben. Sein Körper spannte sich, dann holte er tief Luft. Ein Lächeln breitete sich über sein Gesicht aus. „Zwei für heute und zwei für Morgen?" fragte sie. Er nickte: „Und einen für Übermorgen." Dann mussten beide lachen.

Ich schaute den beiden lange nach. Sie hatten es bestimmt nicht leicht miteinander. Aber so wie sie es machten, war es einfach … .

Mir fehlten ein bisschen die Worte. Auf dem Heimweg musste ich an die beiden denken. – An diesem Tag habe ich mir etwas vorgenommen.